Verlag
Atelier im Bauernhaus

D-2802 Fischerhude
Umschlaggestaltung und Vignetten:
Edith Otto
Layout & Zusammenstellung: H.-G. Pawelcik
Satz: Fotosatz Klußmann, Bremen
Druck: Zertani, Bremen
Die Schreibweise und Interpunktion
der einzelnen Beiträge halten sich streng
an die Orginalfassungen.
ISBN 3-88 132 081-4

Worpsweder Weihnachtsbuch

Vorwort

Weihnachten 1898 besuchte Rainer Maria Rilke – wenn auch nur kurz – den Künstlerort Worpswede das erste Mal. Durch diesen Besuch und seinen späteren, zeitweiligen Zuzug in diesen Künstlerort in Norddeutschland festigte er nicht nur den Ruhm Worpswedes, sondern wies gleichzeitig darauf hin, daß nicht jeder, der sich hier niederließ, Maler sein mußte – wie die, mit denen er damals engen Kontakt hatte: Heinrich Vogeler, Otto Modersohn, Fritz Mackensen, Fritz Overbeck, Hans am Ende, Paula Modersohn und seine spätere Frau, Clara Westhoff.

Der große Glanz, der bis heute von diesen Bildern ausgeht, hat nicht nur bei den Betrachtern den Blick eingeengt, sondern auch durch zahlreiche Publikationen über diese Künstlerkolonie vieles verdeckt, was noch entdeckt werden kann.

So sind die in diesem Buch enthaltenen Geschichten und Erzählungen zum Thema Weihnachten nur ein erster Versuch, diese Lücke aufzuzeigen und der Öffentlichkeit in dieser Form und Aufbereitung zugänglich zu machen. Erstaunlich, wieviele Schriftsteller und auch Maler, deren geschriebenes Werk noch unbeachtet daliegt, es hier gab!

Was sich in diesem Buch dem Leser darbietet, steht sicher als eigenständiges Werk neben den Bildern der „Ersten Maler" und hat wohl einen gemeinsamen Nenner: die Inspiration des Landschaftserlebnisses.

Zum Schluß ein Dankeschön an alle, die bereitwillig ihr Einverständnis zum Abdruck der Beiträge gegeben haben.

Ein frohes Weihnachtsfest!

So klein diese Fenster waren, so groß war ihre Bedeutung für mich, denn sie gehörten der Kinderstube an und waren tatsächlich die Augen, durch die ich während der ersten vier Jahre meines Daseins die wesentlichsten Eindrücke von der großen Welt empfing. – Wie hübsch war es von Vater ausgedacht, daß er schon vor dem Vorhandensein von Kindern dem Hause solch nette Äuglein gab, die niedrig genug über dem Fußboden lagen, daß schon ein kleiner Dreikäsehoch aus ihnen hinausschauen konnte und daß deren Fensterbänke zugleich hinreichend breit waren, um auch allerlei Spielsachen darauf aufbauen zu können!

Es muß in meinem vierten Jahr gewesen sein. Vorm Fenster wirbelten Schneeflocken vom grauen Morgenhimmel herunter, und die Pfosten der Gartentür hatten schon dicke weiße Mützen aufgesetzt. Ich spielte auf der Fensterbank mit einer Feuerbohne, – einer schönen bunten kleinen Feuerbohne, die im Bettchen einer Streichholzschachtel auf weichen Wollflicken übernachtet hatte und nun gemeinsam mit mir in das weiße Wunder der Winterlandschaft hinaussah. Und dabei fiel es mir ein, das Böhnchen in die Schraubenöse hineinzusetzen, die zum Einhängen des eisernen Fensterhakens am Fensterrahmen angebracht war. Das war ein Sitz, der für das Böhnchen wie gemacht erschien. Aber wie es nun kam, ich weiß es nicht – in einem Augenblick der Unachtsamkeit mochte ich das

Böhnchen allzutief in den eisernen Ring hinabgedrückt haben –, auf einmal saß sie darin festgeklemmt und war nicht vorwärts und nicht rückwärts zu bringen. Und als ich dennoch versuchte, sie zu befreien, da brach die Bohne auseinander, zerfiel in die beiden Längshälften, in den Keim, der wie ein winziges Würmchen aussah, und in die Fetzen ihres bunten Kleidchens. Das alles lag nun auf der Fensterbank, und an die bitteren Tränen, die ich um meine kleine Freundin vergoß, habe ich mich oftmals als an den ersten tiefen Schmerz meines Lebens erinnert.

Und draußen schneite es und schneite es; es sah nun alles ganz traurig in dem weißen Garten aus. Aber da fuhr ein Wagen an der Gartenpforte vor. – War das Kück seine Halbchaise, mit der wir im Sommer nach Bremen gefahren waren? – Nein, das war Kücks Halbchaise nicht, obschon sie so ähnlich aussah. Das war auch nicht Kück sein Schimmel, und das war auch nicht Herr Kück, dieser Mann, der nun weiß wie ein Schneemann und mit einem feinen Zylinderhut vom Bock herunter kletterte.

Vater und Mutter liefen in den Garten hinaus zur Pforte und reichten die Hände in den Wagen hinein, von dessen Inhalt man zunächst nichts anderes gewahr wurde als einen Schließkorb, eine Reisetasche und Pakete – lauter Pakete. Sie wurden vom Kutscher und dem dazugekommenen Mädchen in mehrmaligem Hin und Her ins Haus getragen. Was aber ganz zuletzt aus dem Wagen zum Vorschein kam, das war die Großmutter aus Bremen; Vater half ihr beim Aussteigen und trug ihr einen Haufen von Decken und einen dicken, mit Pelz ausgekleideten Fußsack nach.

Am nächsten oder übernächsten Tag saß außer Großmutter noch weiterer Besuch morgens am Kaffeetisch, das waren der Onkel und die Tante aus Itzehoe. Sie wurden damals noch »Onkel Adolf« und »Tante Agnes« von mir genannt; später, bestimmt jedenfalls, nachdem auch mein kleines Schwesterchen mitreden konnte, hießen sie »Ocku« und »Anni«, und damit sei schon angedeutet, daß es sich bei ihnen um weit mehr als einen gewöhnlichen Onkel mit Tante handelte.

An Ocku bewunderte ich seine ungeheuere Vielseitigkeit. Ich hatte geglaubt, der Mensch habe nur einen Beruf. – Ocku aber war, wie er sagte, Lehrer, Doktor und Radfahrer und Schwimmer und Fußgänger, – alles in einer Person! – Man darf aber nach solcher Zusammenstellung seiner Berufe nicht etwa meinen, Ocku sei eine besonders sportliche Natur gewesen. Obgleich er zu Fuß und zu Rad gemeinsam mit seiner Anni weite Ferienreisen und Wanderungen zu unternehmen pflegte, die ihn im Laufe der Jahre durch die schönsten Gegenden Europas führten und die einen unerschöpflichen Quell der Erinnerungen und Erzählungen bildeten, war er, seiner rundlichen Gestalt angemessen, im Grunde doch recht gemütlich und bequem und früh der Sofaecke zugetan. Und eben in der Sofaecke oder in seinem großen Ohrenlehnstuhl, wenn er sich dort nach dem täglichen Nachmittagsspaziergang niedergelassen hatte, war es für uns Kinder am schönsten, bei Ocku zu sein. Als meine Schwester und ich später in seinem Hause untergebracht und durch Ocku und Anni, den selber kinderlosen, so liebevoll wie von Vater und Mutter betreut wurden, haben wir dieses Glück in reichem Maße genossen. Ocku zauberte dann in der Dämmerstunde, ehe die Lampe angezündet wurde, eine bunte Märchenwelt vor uns hin, er erzählte aus dem Stegreif erfundene Geschichten – »mit Ocku träumen« nannten wir das –, und dazu gehörte, daß er mitten im Erzählen auf einmal innehielt und tat, als sei er eingeschlafen. Dann war es ein Weilchen mäuschenstill in seiner kleinen Studierstube, bis wir es wagten, ganz sachte an Ocku herumzukrabbeln. Wenn wir dann langsam dreister wurden, machte Ocku ganz plötzlich und mit mächtigem Fauchen »schnapp!« nach unsern Händen oder Gesichtern. Dieses ganz unnachahmliche »schnapp!« wurde von uns jedesmal mit unendlicher Spannung, ja ein wenig bänglich vor dem kommenden Schrecken erwartet, dann aber mit jubelnder Begeisterung quittiert.

Wenn Anni dabei saß, rieb sie sich die Hände und stieß in Teilnahme an unserer Freude ein ganz kurzes »Hm!« aus, begleitet von einem ebenso stoßartig kurzen Nicken des Kopfes, aber es war ein ganz eigentümliches Nicken nach aufwärts, und dieses war samt dem dazugehörigen »Hm!« auch bei jeder anderen Gelegenheit ein Ausdruck ihrer aufmerksamen Teilnahme.

Immer wenn Ocku Schokolade oder Schokoladenpudding aß oder auch nur Schokolade roch, dann begann er heftig und laut zu niesen. Dieses Niesen erwarteten wir Kinder natürlich jedesmal mit großer Spannung, aber ich bin mir heute nicht mehr ganz sicher, ob hier wirklich der physiologische Zwang eines »Schokoladenschnupfens« – so wie bei anderen Leuten etwa der eines Heuschnupfens – zugrunde lag, oder ob Ocku uns Kindern zur Freude die eindrucksvolle Explosion willkürlich hervorbringen konnte. Es wäre ihm zuzutrauen gewesen.

Trafen wir auf Spaziergängen mit Ocku eine Eisenbahnstrecke, die den Weg kreuzte, dann forderte Ocku uns auf, uns auf die Schienen zu stellen und sagte mit feierlich bedeutender Miene: »Jetzt habt Ihr direkte Verbindung mit Peking!« Diesem erhabenen Gedanken gaben wir uns jedesmal mit Andacht hin, doch war ich sehr verblüfft, als Ocku später einmal durch eine ganz andere Eisenbahnstrecke in einer ganz anderen Gegend wiederum die direkte Verbindung mit Peking herzustellen wußte.

Aber mit dem Weg nach Peking haben wir der Zeit doch schon allzusehr vorgegriffen. – Es war also Großmutter mit ihren vielen Paketen aus Bremen eingetroffen, und Ocku und Anni waren auch da. Sie waren zum Weihnachtsfest gekommen.

Irgendwelche bestimmte Erinnerungen an vorhergehende Weihnachtsfeiern sind mir bis heute nicht geblieben. Damals waren sie wahrscheinlich vorhanden und bildeten nicht nur die Grundlage der glücklichen Erwartung des Kinderherzens, sondern auch der geradezu überwältigenden Überraschung, als nicht nur einer, sondern drei Tannenbäume im Lichterglanz erstrahlten, nachdem sich auf ein silberfeines Klingeln die Tür unseres Weihnachtszimmers, der Eßstube, geheimnisvoll geöffnet hatte.

Drei Tannenbäume! Das hat es später niemals wieder gegeben. Sie mochten wohl als Sinnbild der drei Familien, die doch in so schöner Weise eine einzige bildeten, von meinen Eltern aufgestellt worden sein.

– Ein ganz großer prächtiger Baum, der am Fußboden begann und mit dem Gipfelstern fast unter die Decke stieß, stand an der Schmalseite der Stube, wo das Fenster zur Dorfstraße hinausging. Die beiden anderen, aber immer noch stattlichen Bäume, befanden sich zu beiden Seiten des in schneeweißem Damast und vielen bunten Sachen schimmernden Gabentisches, der fast die ganze Länge der Stube einnahm.

Es kam später eine ganze Reihe von Jahren, denen man eigentlich erst mit dem Ausgang der Kindheit wieder entwuchs, in welchen beim Öffnen der Weihnachtstür der Tannenbaum zunächst die mindere Beachtung fand. Er wurde zwar als eine wunderschöne, aber doch regelmäßig wiederkehrende Selbstverständlichkeit hingenommen, und wenn auch Anstand und Brauch verlangten, ein Weilchen in seinem Anblick still zu verharren, so irrte der Blick doch leider allzu gierig schon nach dem Gabentische ab, der mit ganz bestimmten Erwartungen überflogen wurde. An jenem Weihnachtsabend frühester Kinderzeit aber stand ich noch ganz ohne weiteres Verlangen im Banne »der großen Lichterzahl« und der wunderbaren Feierlichkeit der schimmernden Weihnachtsstube. Daß der Weihnachtsmann auch allerlei für einen aufgebaut hatte und daß einem dieses auch wirklich zu eigen gehören sollte, das begriff man erst so nach und nach mit verwunderter Scheu, war dann freilich auch bald all der neuen Herrlichkeiten bis zum Rotglühen glücklich.

Im Beschenken der Kinder waren unsere Eltern aus erzieherischen Gründen im allgemeinen maßvoller, als die mancher meiner Gespielen. Wenn trotzdem der große Gabentisch, eine ausgehängte, sehr lange Flügeltür, die mit weißen Laken überdeckt über zwei Bökke gelegt war, bis auf das letzte Fleckchen besetzt war, so ging das hauptsächlich auf Onkel und Tanten, auf Freunde der Familie, und ganz besonders auf die gute Großmutter zurück und mochte alles in allem viel reichlicher sein, als Vater und Mutter es im Grunde gutheißen konnten. Wenn allerdings mein Vater selber mit seinen geschickten Händen etwas für uns bastelte, dann entstanden wahrhaft großartige Sachen. Da gab es keine Pfuscharbeit; er konnte viel Zeit daran hängen, um die Dinge schön ordentlich, für das Auge wohlgefällig und dabei ungemein dauerhaft zu gestalten, wie etwa einen wunderbaren Kaufladen, den meine eigenen Kinder vierzig Jahre später dann doch leider ins Jenseits befördert haben.

Ich bin überzeugt, daß an jenem Weihnachtsfest der drei Tannenbäume mein Gabentisch einige gute, solide Spielsachen getragen hat, aber ich kann mich ihrer nicht erinnern. Unauslöschlich eingeprägt hat sich dagegen die Erinnerung an einen Gegenstand, den man getrost als billigsten Warenhaushimphamp hätte bezeichnen können. Er war der Zeit gewissermaßen um dreißig bis vierzig Jahre vorausgeeilt und wurde dank der miserablen Machart und geringen Stabilität noch während der Festtage selber erledigt. Dieses war eine kleine runde Spieldose der kümmerlichsten Art, aus dünnem Blech gefertigt; wenn man an einer Kurbel drehte, haspelte sie eine sich alle fünf Sekunden wiederholende Melodie herunter, die mit großer Eile auf nur ganz wenigen Sprossen der Tonleiter herauf und herunter kletterte und dabei an einigen Stellen noch ein wenig fehltrat. Oben auf der Dose drehte sich indessen ein buntes Männchen. Zu der Klimpermusik erfand ich noch am selben Abend den Text:

Hahaha Pieberpum,
Dieses verrückte Ding!
Hahaha Pieberpum,
Dieses verrückte Ding!
Hahaha . . .

Was das ist, – ein Pieberpum? – Ich weiß es nicht und kann mich nur wundern, daß diese blödsinnigen Worte im Gedächtnis haften geblieben sind.

Auch vom nächstfolgenden Weihnachtsfest sind es seltsamerweise zwei Dinge aus der Spielzeuggruppe des billigen Himphamps, deren ich mich am lebhaftesten erinnere: Ein dicker blauer Blechschutzmann war das eine; mit blaurot lackiertem Zorngesicht und einem gewaltigen schwarzen Schnauzbart schien er etwas in sein Taschenbuch zu schreiben, und in der Tat standen dort mit sehr kleinen Buchstaben die Worte eingetragen: »Halten Sie die Schnauze, wenn Sie mit mir sprechen!«

Ich selber konnte damals natürlich noch nicht lesen, habe aber später den Satz oft genug verwundert nachbuchstabiert, da der Schutzmann eine Reihe von Jahren erhalten geblieben war. Im übrigen trug er in seinem breiten Brustkasten anstatt des Herzens ein Uhrwerk; lief es, so geriet der ganze Schutzmann in wutzitternde Bewegung, wobei er sich langsam um seine Längsachse drehte. Zu diesem Schutzmann gehörte aber auch ein Partner, – und das war der zweite Gegenstand, der mir so unauslöschlichen Eindruck gemacht hat, – ein Strolch oder jedenfalls ein sehr fragwürdiges Individuum mit grobkarierten gelben Hosen und einem langschößigen gelben Frack; auch diesen Blechkerl bewegte ein Uhrwerk, durch das er die Beine seitwärts weit auseinander spreizte und wieder zusammenzog, so daß er in derart despektierlicher Weise vor dem Auge des Gesetzes auf und ab gaukelte, – auch trug er einen unglaublich frechen Schlips –, so daß meine Sympathie trotz der schrecklichen Zornröte von vornherein auf Seiten des Schutzmannes war.

Die beiden kleinen Tannenbäume waren nur mit Engelhaar – das Wort »Lametta« kannten wir noch nicht – und mit Kerzen geschmückt. Der größere Baum trug außerdem bunte und silberne Glaskugeln, Sterne, Ketten, silberne Eiszapfen, Knittergoldfähnchen sowie herrliche Süßigkeiten. Diese waren damals schon von der gleichen Art, wie sie auch später lange Jahre hindurch wiederkehrten: Rotbäckige Äpfel, die sowohl zum Schmuck wie zum Herabbiegen der Zweige dienten und darum erst nach der Plünderung des Tannenbaumes gegessen werden durften; vergoldete Walnüsse, aufgehängt an mit Siegellack befestigten Zwirnsfäden, Rosinen in kleinen Dreieckstüten aus Goldpapier, Spekulatiusgebäck in Gestalt von allerlei Tieren; bunte Zuckersachen in Form von Sternchen und Kringeln, darunter solche, die wir als kleinere Kinder nicht essen durften, als größere aber um so lieber aufs Korn nahmen, weil sie Cognac oder Likör enthielten und von uns »Kringellikör« genannt wurden; auch mancherlei Schokoladenkringel waren vertreten, wobei wir ganz besonders eine Sorte schätzten, die auf einer Seite mit winzigen bunten Zuckerperlen bestreut war. Als Glanzpunkte des eßbaren Baumbehangs aber waren damals einige Schokoladensachen vorhanden, deren Größe und umhüllendes Silberpapier sie gleichzeitig zu hervorragenden Schmucksachen machten. Es waren eine Glocke, eine Trompete, ein Stiefel und eine Geige. Die liebliche Form der kleinen Geige hatte es mir ganz und gar angetan; immer wieder, abends bei Kerzen und Lampenlicht wie im grauen Morgendämmer der Weihnachtstage, wenn es zwischen den Zweigen des Tannenbaums so süß und geheimnisvoll aus dunklen Tiefen zu blinken begann, stand ich in zärtlicher Betrachtung der kleinen Geige hingegeben. Daß man sie hätte essen können, – etwas so Schreckliches wäre mir überhaupt nicht in den Sinn gekommen. Und doch blieb mir dieses Schreckliche zu erleben nicht ganz erspart, wenn es auch nur im Traume geschah. – Während der Weihnachtstage wachte ich eines Nachts in fassungslosem Schmerz auf und begann bitterlich zu weinen. Mutter trat an mein Bett, um mich zu beruhigen, und es bedurfte einer ganzen Weile, bis ich unter Schluchzen den Grund meiner Erschütterung herausbringen konnte: »Ocku hat die Geige aufgegessen!« – Ja, das hatte ich im Traum erlebt, wie Ocku, ausgerechnet der gute Ocku, vor dem Tannenbaum stehend, der Geige erst den Hals abgebissen und sie dann samt dem Silberpapier restlos verschlungen hatte. – Welch selige Beruhigung war es, als Mutter, nachdem sie sicherheitshalber noch einmal nachgeschaut, mir versichern konnte, die Geige hinge noch wohlbehalten an ihrem Platz!

Von den Freunden jener Worpsweder Zeit standen meinen Eltern die Familie Modersohn und die des Malers Paul Schroeter am nächsten. In den Weihnachtstagen besuchte man einander und tauschte Schmuckstücke des Tannenbaumes aus, – symbolhaft dafür, wie die Freunde mit den Freunden lebten.

Diejenigen, die sie gaben und nahmen, sind längst dahin. Und doch hat seit fast sechzig Jahren, bis auf eine einzige Ausnahme, noch jeder Tannenbaum, der in meiner Familie geschmückt worden ist, als behütete Heiligtümer »die alte Schroetersche Laterne« und »die alte Modersohnsche Fahne« getragen.

Fritz Overbeck

Das Hirtengespräch

Als die drei Hirten ihre Gesichter wieder zu erheben wagten, nahmen sie, hoch oben in den Wolken stiebenden Schnees, noch einen wunderbaren Glanz wahr, der kleiner und kleiner wurde und schließlich nur noch wie der ungewisse Schimmer eines verhüllten Sterns aussah. Es war ihnen auch, als hörten sie noch einen fernen Hall des Lobgesangs, den die Engel gesagt hatten. Aber nun erlosch der Schimmer ganz und auch der Hall verstummte. Die Nacht herrschte wieder um sie her, die lichtlose, schweigende Winternacht. Sie konnten die Schneeflocken nicht erkennen, sie fühlten nur, daß sich unablässig etwas Weiches, Kühles auf ihre Wimpern und Wangen senkte. Der Junge, der fast noch ein Knabe war, stand zuerst auf. „Kommt!" rief er mit seiner hellen, erregten Stimme. „Kommt, wir wollen gleich hingehen!" Er schob die Kapuze seines wollenen Umhangs, die beim Niederstürzen nach hinten gerutscht war, wieder über seinen Kopf und faßte den Alten, der neben ihm im Schnee kniete, unter die Achseln. Als es ihm nicht gelang, ihn aufzuheben, lief er zu dem Dritten mit dem zottigen Fellmantel, der sich gerade schwerfällig auf die Beine stellte, und versuchte, ihn mit sich zu ziehen.

„Nur langsam", sagte der mit dem Mantel. „Jetzt müssen wir uns erst einmal bedenken." Er wandte sich an den Alten: „Steh auf! Es ist vorbei. Was war das denn? Hast du es auch gesehen?"

Der Alte hielt das Gesicht noch immer den Wolken zugewandt, in denen die leuchtenden Heerscharen verschwunden waren. „Friede auf Erden“, stammelte er.

„Habt ihr das auch gehört? Denn euch ist heute der Heiland geboren. Habt ihr das auch gehört?“

„Ja“, sagte der mit dem Mantel, „so ähnlich habe ich es auch gehört.“

„Ich auch“, rief der Knabe, „genau so.“

„Sei still!“ sagte der mit dem Mantel. „Es war also kein Traumgesicht. Oder haben wir alle drei dasselbe geträumt? Merkwürdig.“

„Wir können ja hingehen und nachschauen, ob wirklich ein Kind in der Krippe liegt. Kommt doch! Steh doch auf!“ Der Knabe bemühte sich wieder um den Alten, der die eine Hand auf den Boden stützte und sich mit der anderen am Arm des Knaben hochzog. Nachdem er mit ein paar humpelnden Schritten die Steifheit aus seinen Knien vertrieben hatte, reckte er sich und schüttelte durch Aufstampfen den Schnee von seinen Beinen. „Ja“, sagte er, „wir wollen hingehen.“

Sie machten sich auf den Weg.

„Friede auf Erden“, sagte der mit dem Mantel nach einer Weile. „Ich glaube es nicht. Sie können es ja doch nicht lassen. Soweit ich mich auch zurückbesinne, immer ist Krieg gewesen unter den Königreichen. Und immer haben Räuber an den Straßen gelauert. Und immer sind Diebe des Nachts umhergegangen. Und immer haben die Schlauen den Einfältigen das Fell über die Ohren gezogen. Und immer haben die Mächtigen auf den Schwachen herumgetreten. Und immer hat der Bruder den Bruder verraten. Und immer hat der Wolf das Lamm gerissen und der Löwe die Hunde. Und immer hat ein Baum dem anderen das Licht genommen und die Kraft des Bodens. Und immer ist die Mißgunst umgegangen und der Ehebruch und die Verleumdung und die Gier. Wie soll da Friede auf Erden sein?“

Sie gingen nebeneinander her.

„Es wäre freilich schön“, fügte er hinzu, „wenn weit und breit der Friede waltete und die Freundlichkeit. Nicht auszudenken, wie schön es wäre. Aber ich glaube nicht daran. Es ist unmöglich. Ich kenne die Welt.“

Das Gewölk hatte sich im Westen vom Horizont abgelöst. Dort zeigten sich einige Sterne. Es schneite auch nicht mehr. In dem dämmerigen Sternenlicht konnte man erkennen, daß dem Alten, der einen eingebeulten Filzhut trug, ein weißer Bart ums Kinn wuchs und dem mit dem Mantel ein schwarzer. Über die Stirn des Knaben, der den vorderen Rand seiner Kapuze hochgeschlagen hatte, hing eine helle Haarsträhne.

Der Alte blieb stehen, atmete tief aus und ging wieder weiter. „So haben sie es auch nicht verkündet“, sagte er langsam, „daß ohne weiteres Friede sein würde. So nicht. Am Anfang ihres Lobgesangs haben sie etwas anderes verkündet. Ehre sei Gott in der Höhe, haben sie am Anfang verkündet. Und dann erst haben sie das vom Frieden gesungen.“

„Ja“, sagte der Knabe, „so war es auch. Ich weiß es ganz sicher.“

„Du mußt nicht soviel dazwischenreden“, brummte der mit dem Mantel, „wenn ältere Leute sich unterhalten."

Der Knabe schnaufte unwillig und schaufelte im Weitergehen bei jedem Schritt mit seinem Fellschuh den Schnee zur Seite.

„Und das habe ich so verstanden", fuhr der Alte fort, „daß erst dann der Friede in die wilden und ruhelosen Herzen der Menschen kommt, wenn sie eingedenk sind, daß ein gewaltiger Gott über aller Welt ist, dem Lobgesang und Ehre und Anbetung gebührt. Wo Gott geehrt wird, da ist Friede. Und sonst nirgends und nie."

Der Knabe, der etwas zurückgeblieben war, gesellte sich laufend den anderen wieder zu und faßte nach der Hand des Alten. „Warum liegt das Kind denn in einer Krippe? Hat es denn kein Bett und nichts?"

„Es ist schwer zu verstehen. Ich weiß es auch nicht. Alles ist so schwer zu verstehen."

„Wenn es ein König über allen Königen ist, warum wohnt es dann nicht...?"

„Du sollst still sein, habe ich dir gesagt!" Diesmal war es der mit dem Mantel, der stehenblieb. Der Alte und der Knabe blieben gleichfalls stehen. Ihre Augen glitzerten im Sternenlicht. Das verschneite Land lag schweigend da. Nichts war zu hören als die Atemzüge der drei Menschen. Da beugte sich der mit dem Mantel gegen den Alten und flüsterte: „Ich kann mich nicht dagegen wehren, ich muß es immer wieder denken."

„Was?"

„Du etwa nicht? Mußt du es nie denken? Auch

nicht, wenn du nachts wach liegst und ganz mit dir allein bist?" „Ich weiß noch nicht, was du meinst."

„Geh du nur schon voraus", sagte der mit dem Mantel zu dem Knaben. „Wir kommen gleich nach."

„Och, warum denn?"

„Geh", sagte der Alte.

Mit schlürfenden Schritten setzte der Knabe sich in Bewegung, blieb jedoch gleich darauf stehen und sah sich um. Der Alte winkte ihm zu, er sollte weitergehen. Dann stellte er sich dicht neben den mit dem Mantel und wartete.

„Denkst du nie", flüsterte der andere. „daß es ihn überhaupt nicht gibt? Hast du nie Angst?"

„Es gibt ihn aber."

„Denkst du nie, daß wir ganz verlassen und verloren in der Welt leben und daß alles ganz sinnlos ist?"

„Doch", antwortete der Alte leise, „manchmal denke ich es auch. Aber es gibt ihn."

„Woher willst du das wissen?"

„Er hat sich mit den Erzvätern unterredet und hat den prophetischen Männern seine Sprache verliehen."

„Die Erzväter und die Propheten sind schon lange tot. Wer kann sagen, ob es wahr ist? Vielleicht haben sie Gesichte gehabt oder sie haben's geträumt oder es ist ihnen gekommen wie eine Sage."

„Aber die Welt ist doch vorhanden. Wer soll denn die Welt gemacht haben, wenn nicht er?"

„Und wenn die Welt schon von Ewigkeit her gewesen ist?"

„Von Ewigkeit her ist niemand und nichts außer ihm."

„Du sagst, er sei von Ewigkeit her. Und ich sage, die Welt sei von Ewigkeit her. Warum sollen meine Worte falsch sein und deine richtig?“

„Und der Niedersturz und die Auffahrt der leuchtenden Heerscharen vorhin?“

„Vielleicht war es wiederum nur Traum und Gesicht.“

„Und das Kind in der Krippe?“

„Wie kann ein Kind, das in einem Stall zur Welt kommt, der Heiland sein? Wie kann ein kleines Kind die Macht haben, die Menschheit zu erretten?“

„Ja, es ist alles so schwer zu verstehen. Komm, wir wollen weiter!“

Der verschneite Weg führte auf einen Hügel hinauf, dessen langgestreckter Rücken mit Wald bedeckt war. Dort, wo der Weg in den Wald tauchte, wartete der Knabe auf die beiden. Sie stapften hintereinander her, zuerst der mit dem Mantel, dann der Alte und als letzter der Knabe. Einmal rutschte der Alte auf einer Wurzel aus, die unter dem Schnee verborgen lag. Aber der Knabe fing ihn auf und stützte ihn. „Sollst auch bedankt sein“, sagte der Alte und ging weiter.

„Wißt ihr was?“ rief der Knabe. „Ich kann überhaupt nicht verstehen, was die Engel sich dabei gedacht haben.“ Die beiden Männer vor ihm setzten wortlos ihren Weg fort.

„Wir sind doch nichts Besonderes, ihr nicht und ich schon gar nicht, wir sind doch nur Hirten und kleine Leute. Warum haben sie denn gerade uns die Geburt des Heilands verkündet? Da gibt es doch ganz andere auf der Welt, großmächtige Könige und Kaiser, ach du liebe Zeit! Und dann kommen sie zu uns mit ihrem Gesang und Geleuchte, zu mir sogar! Ich kann mir nicht denken, daß es mit rechten Dingen zugegangen ist."

„Nichts geht heute Nacht mit rechten Dingen zu", sagte der Alte mehr zu sich selbst als zu dem Knaben. „Es ist so schwer zu verstehen, alles. Der Herr des Himmels und der Erde wird ein Kind. Das Licht der Welt liegt in einem dunklen Stall. Die Allmacht verkehrt sich in Hilflosigkeit. Der die Welt erretten will, wird von einer Menschenmutter gewiegt. Der Überwinder des Todes bekleidet sich mit Sterblichkeit. Und uns, die wir keine Würde haben und keine Hoheit, uns geschieht die Botschaft vor allen anderen. Das mag fassen, wer will, ich kann es nicht."

Der mit dem Mantel drehte sich im Gehen um: „Du sollst sehen, es bleibt alles, wie es war. Wir haben keine Tröstung und keine Hilfe zu erwarten. So war es, so ist es, und so wird es sein."

„Warum gehst du dann mit uns?" fragte die helle Stimme des Knaben. „Wenn du es so genau weißt, daß wir den Heiland nicht finden werden, dann konntest du ja auch bei den Schafen bleiben."

„Er geht mit uns", sagte der Alte laut, „weil sein Hoffen stärker ist als sein Wissen."

Der mit dem Mantel antwortete nicht. Er bückte sich und kroch unter einem tiefhängenden Fichtenzweig hindurch. Nach ihm bückten die beiden anderen sich auch. Sie mußten sich noch mehrere Male bücken. Dann verließ der Weg das Fichtendickicht und schlängelte sich unter hochstämmigen Buchen hin. Es wurde etwas heller. Der Knabe hielt sich neben dem Alten, seine Schuhe wühlten rauschend das Laub auf, das unter dem Schnee lag.

Nach einiger Zeit streckte der Alte seine Hand aus und berührte die Schulter des vor ihm Gehenden. „Hör zu!“ sagte er. „Ich weiß es jetzt.“

Der mit dem Mantel drehte sich langsam um. Gleichzeitig verstummte das Blätterrauschen. Der Knabe und der mit dem Mantel sahen den Alten erwartungsvoll an.

„Hm“, sagte der Alte und noch einmal „Hm“. Dann schwieg er. Es war totenstill im Walde. Kein Windhauch ging. Kein Zweig bewegte sich.

„Was weißt du jetzt?“ fragte der mit dem Mantel.

„Daß er es ist“, sagte der Alte. „Du zweifelst daran, daß er sich den Erzvätern und den Propheten offenbar gemacht hat. Aber nun ist er selbst gekommen, unbezweifelbar, der Jenseitige in unsere Irdischkeit, der Ewige in die Zeit, der Unendliche in die Endlichkeit, der Unsichtbare in die Sichtbarkeit. Nun gibt es kein Ausweichen mehr, nun ist er ganz offenbar geworden in seinem Geheimnis, er selbst. Wenn ich das bedenke, dann steht mir das Herz still vor Entsetzen. Es ist ja etwas Ungeheuerliches. Wir begreifen es ja auch nicht mit unserem Menschensinn. Denn wenn der verborgene Gott sich offenbart, dann muß sich alles anders vollziehen, als wir es uns vorgestellt haben. Vollständig anders. Darum kein Fürst mit Krone und Purpur, sondern ein Kindlein. Darum kein Glanz und Gloria, sondern die Nacht, kein Palast, sondern der Stall, kein Thron, sondern die Krippe, keine Diamanten und

Goldreifen, sondern Armut, keine Heeresmacht, sondern Hilflosigkeit. Und darum die Verkündigung nicht an die Großen der Erde, sondern an uns. Mit einem Male weiß ich es, weil alles so unbegreiflich geschieht, ist er es. Und weil er es ist, will er uns retten von Tod und Sinnlosigkeit und Angst und Einsamkeit. Kommt, wir müssen zu ihm! Wenn wir vor der Krippe knien und dem Kindlein unser ganzes Wesen dargeben in Anbetung, dann brauchen wir keine Angst mehr zu haben. Jetzt nicht und nie mehr."

Er ging entschlossen voraus. Hinter ihm schlurfte der Knabe bald rechts, bald links vom Weg durch das Laub. Der mit dem Mantel folgte in einigem Abstand. Er murmelte etwas vor sich hin, schwieg und murmelte von neuem. Dann schritt er schneller aus. Als er den Knaben überholte, gebot er ihm, er solle auf den Weg gehen, und hielt sich dann dicht hinter dem Alten.

„Du", sagte er, „uns retten von Tod und Sinnlosigkeit... warum sollte er das wohl tun? Wenn ich in mich hineinsehe, so richtig bis in mein Geheimstes und Allerinnerstes, dann erkenne ich, daß es sich nicht lohnt, mich zu retten. Was will er denn mit mir? Was will er denn mit einem, der ihn Tag für Tag verraten hat, dem je und je seine Angelegenheiten wichtiger gewesen sind als Gottes Angelegenheiten, dessen schlechter Wille immer größere Gewalt hat als sein guter Wille, und dessen guter Wille zuletzt, ganz zuletzt, auch nur die eigene Erhöhung und Erlustigung betrieben hat, der seine Menschenmacht wieder und wieder über die Allmacht gestellt hat, der allerwege und allerenden so beschaffen ist, daß es kein tieferes Grauen für ihn gibt, als sich selbst zu erforschen, der sich jedoch noch immer mit der Vorspiegelung getröstet hat, zuweilen leicht und zuweilen widerstrebend, es sei mit den anderen nicht besser bestellt als mit ihm, was will Gott denn mit so einem Abtrünnigen? Und was will er mit dem ganzen Menschengeschlecht? Denn es ist wohl keine Vorspiegelung, daß die anderen nicht besser sind als ich, es ist die Wahrheit. Aber keine tröstliche, sondern eine schreckliche Wahrheit. Und wohin du sonst blickst in der ganzen Schöpfung, es ist überall das Gleiche: die Vögel unter dem Himmel, die Fische und Ungeheuer in der See, das Getier in den Wäldern, die Gräser am Wege, alle sind in Mord und Sünde und Traurigkeit verstrickt und lassen nicht ab davon, nicht einen Tag, nicht eine Stunde. Warum sollte er sie retten von Tod und Sinnlosigkeit, da sie überdies nicht einmal danach begehren, gerettet zu werden? Warum?"

Er schwieg. Nach einigen Schritten sagte er: „Hast du meine Worte gehört?"

Der Alte nickte im Weitergehen, antwortete aber nicht. Dagegen rief der Knabe, nachdem er, zweimal sich zur Seite beugend, an dem mit dem Mantel vorbei nach dem Alten gesehen und auf seine Erwiderung gewartet hatte: „Aber er hat doch alles selbst erschaffen, die Menschen und die Tiere und das Gras."

Der mit dem Mantel wandte sich halb um und bedeutete ihm mit seitwärts winkender Hand, er möge sich bescheiden.

„Und die schönen Sterne auch", fügte der Knabe mit einem kleinen Trotz hinzu.

Aber der Alte antwortete noch immer nicht.

Vor ihnen zeigte sich eine zarte Dämmerung zwischen den Stämmen. Es dauerte nicht mehr lange, da traten sie aus dem Wald heraus.

Der Himmel war fast bis zur Scheitelhöhe frei von Wolken. Klar und still funkelten die Sternbilder über dem verschneiten Land. Mit leicht gewelltem Gefälle senkte sich der Hügel hinab. Unten im Tal lagen schattenhaft die Häuser des Dorfes, in dem das heilige Kind geboren sein sollte. An zwei Stellen flämmerte ein rötliches Licht. Hinter dem Dorf hob sich das Gelände wieder, ein dunkler Wald begann, der sich schräg über den Gipfel des jenseitigen Hügels zog. Dahinter stieg ein Berg auf, dessen breiter Rücken sich bis zum Horizont dehnte, wo er in dem Kältedunst zwischen Erde und Himmel verging. Auch zur Rechten und zur Linken wogten in der Ferne weiche Berge und Wälder unter den Sternen hin.

Die drei Hirten blieben stehen und schauten auf die ruhende Welt.

Wie ein feiner, silbriger Rauch wehte die Milchstraße empor, teilte sich, schloß sich wieder zusammen und wehte über sie hin.

„Jawohl“, sagte der Alte, „er hat alles erschaffen. Auch dies hier hat er erschaffen, und er hat den Lauf des Mondes erschaffen und die Gestalt der Bäume und das Lied des Regens und das duftende Laub und den Schrei des wilden Adlers über den Wolken und den herrlichen Aufgang der Sonne und den süßen Geschmack der Weinbeere und das Rotkehlchen mit seinen sanften Augen und den goldenen Dampf über den Roggenfeldern und die Urkraft des Donners. Und zuletzt hat er den Menschen erschaffen mit Sprache und Gesang und vielfältigen Gedanken. Und alles war gut, was er geschaffen hat. Aber es ist verderbt worden vor der Zeit durch den Fall des Menschen. Und mit ihm ist die ganze Schöpfung gefallen. Und doch ist es Gottes Schöpfung geblieben. Auch der Mensch, der gebildet wurde, daß er Gottes Ebenbild sei, es aber nicht vermochte, auch der Mensch ist Gottes Geschöpf geblieben. Manchmal begehrt er nicht, von Gottes Hand ergriffen und gerettet zu werden, wie du gesagt hast. Aber manchmal begehrt er es sehr, o über die Maßen sehr! Manchmal mißachtet er die Wahrheit, aber manchmal verzehrt er sich auch nach ihr und nach der Schönheit und nach der Liebe, welche alle bei Gott sind. Manchmal hängt er der Macht an, alles an sich zu reißen, was nicht sein ist. Aber manchmal erhebt's sich auch in ihm, daß er keine größere Seligkeit kennt als zu geben, und gibt sogar sich selbst dahin. Ich kenne Gottes Ratschluß nicht, und du kennst ihn auch nicht, und kein Mensch kennt ihn. Aber wenn ich es vermöchte, ich würde die Menschen erretten aus ihrem Fall und die übrige Schöpfung mit ihnen. Warum sollte Gott, dessen Wissen um die Menschen und dessen Erbarmen eine Unendlichkeit größer ist als meines, es nicht auch wollen?"

Als er geendet hatte, war die Stille noch tiefer als zuvor. Sie standen schweigend da. Eine Sternschnuppe schoß über den Himmel, verlangsamte ihren Lauf und zersprang lautlos in grüne Funken, die schnell erloschen. Irgendwo im Walde rutschte eine Last Schnee von einem Zweig und schlug dumpf auf den Grund.

Da konnte der Knabe es nicht länger aushalten. Er legte seinen Arm um den Alten und sagte drängend: „Komm!“

„Ja“, sagte der Alte.

Sie gingen den Hügel hinunter auf das Dorf zu.

Manfred Hausmann

Mit Holschen

Wie kann doch ein Geräusch eine Kette von Bildern und Erinnerungen wachrufen. Ein kleiner Kinderfuß, der in einem Holzschuh steckt, stößt an eine Marmel . . .

Erinnert euch an diesen Klang – knacks, klick macht es, und das nicht nur in diesem Augenblick. Die Erinnerung wird alles bewahren.

Winternachmittag. Kalte, weiße Sonne scheint auf harte Erde. Die Schule ist aus. Sie stehen vor der Tür, die kleinen Mädchen und Jungen, drüben der Flachskopf hält ein Butterbrot in der einen Hand, die andere ist in die Schürze gewickelt.

Dann tönt es plötzlich: „Sine, Sine, kum, wet wi?“ Und die Nachbarin macht eine kleine bezeichnende Handbewegung des Marmelwerfens dabei.

Sine ist schon da, greift in die Tasche, eine bunte Glasmarmel kommt zum Vorschein, rollt auf die Erde.

„Wet wi pieksen oder Hinkepinke?“

„Hinkepinke, ick mok den Kasten!“

Mit der Holzschuhspitze wird der Kasten gezogen und -pieks- da rollt die Marmel, und nun wird hops, hops, hops hinterher gehinkt. Klick.

„Se het een!“

Die Marmel kollert, und wieder hops, hops, hops ... klappt es hinterher.

Es ist ganz falsch, sollte jemand annehmen, man könnte etwa auch in Schuhen richtig Marmel spielen, das ist unmöglich, nein, dieser Klang, dieses „Klick“, das muß es sein, darin liegt alles – ach, es läßt sich nicht beschreiben . . .

Es darf auch kein Lederholzschuh sein. Nein, da muß schon ein richtiger Holzschuh her, er soll ein Holzgewölbe haben und vorn zugespitzt sein, höchstens dazu noch ein kleines Lederkissen über dem Spann.

Und was für einen schönen Klang macht er beim Glitschen! Unnachahmlich. Kein anderer Schuh bringt das zustande.

Seht doch bloß, da läuft die kleine Deern auf dem Eis, die Beinchen trappern, die kleinen Arme fliegen hin und her.

„Dat is de Anloop", und nun ist sie auf der Glitschbahn, und da – jetzt kommt es: „Klapp – schrääääh". So glitscht der Holzschuh tönend auf der Glitsche, steif wie ein Wegweiser stehen die Arme zur Seite, steif wie Säulen die Beine, etwas einwärts die Füße, hintereinander weg.

„Fein röberkommen!" Ein befriedigter Blick gleitet rückwärts über die eisige Bahn.

„O, wat for feine Schrammen!"

Nun von neuem: klapp, klapp, klapp – schrääh!

Und dann wird die Sache raffiniert, nun geht es im Sitzen über die Fläche. Zuletzt sogar auf einem Bein. Überwältigend. Die kleine Deern kann alles.

Klapp – schräääääh!

Es wird dunkel, der Mond kommt, die Kinder sind längst zu Hause, aber sie ist noch auf dem Eis und das „Klapp" klingt weit . . .

Irgendwo in der Ferne geht die Haustür. Eine Frauenstimme ruft: Meta! Meta!“

„Jo, ick kom!“ schallt es da vom Eis zurück. Noch schnell einmal hinüber. So, nun ist Schluß.

Oha, die Beine! Die Holzschuhe wollen nicht so recht mit, sie haben schließlich etwas geleistet. Krötsch, krötsch, krötsch, so schlarren sie auf dem Straßenpflaster. Immer langsam voran.

Dann kommt die Nachbarin mit und die Deern versucht, sich in ihren Arm zu hängen.

„Hes nee'e Holschen?“ fragt sie und bückt sich zu der kleinen Deern hinunter.

„Jo“, das kommt ganz stolz.

„Kann ick glieks hörn!“

Und sie gehen zusammen weiter.

„Und deine Holschen, wo bleiben sie in der Nacht?“

„Da stehen sie unter der Bodentreppe.“

Aber irgendwann – du schläfst dann längst – da können sie wieder gehen, trappeln aus der Tür, nun sind sie draußen. Und nun?

Sie fangen an zu glitschen. Allein. Klapp – schräääh! Und du mußt lachen, der Mond lacht auch, will sich die Sache näher besehen, steigt herunter – o weh – und zieht deine Holschen an.

„Mudder, Mudder, de Mond het min Holschen an!“ rufst du laut – im Traum. Und siehst, daß auch der Mond nicht widerstehen kann, zu glitschen.

Klapp – schräääääh, klapp – schräääh.

Margarethe Heyse

Blick in den Winter

Der schwarze Strich des Telefondrahts quer über die Wiese ist von einem dünnen weißen Strich nachgezogen, und der kleine Fußpfad unten, der sich gabelnd eine Harfe bildet, auf der im Frühling und Sommer der Garten seine Melodien begleitet, ist ganz verschneit. Grau hängt der Himmel, verhangen ist alle Ferne, und abgesehen von der Krähe, die gerade von dem bepuderten Wipfel der Föhre auffliegt und ein wenig Schnee verstäubt, ist die Welt eine enge Stube, in der es gedämpft, lautlos zugeht, als sei eben einer gestorben.

Ist es denn möglich, daß all das Quellende, über alle Ufer Schäumende in diese Stille, in ein solches Schweigen einmündet? Wie zuckte das Leben in unbändigem Auftrieb zum Licht in Kampf und Begierde, Liebe und Haß, in den tausendfältigen Formen der Schöpfung – und nun dies der Schluß: ein Leichentuch über erstarrtem Leib?

Es war doch erst gestern – o ihr rasenden Tage! – daß die jungen Schwälbchen, ermüdet vom ersten Ausflug in die Welt, Rast hielten auf diesem wippenden Leitungsdraht. Kleine Federbälle, putzten sie sich drollig den Flaum unter den Flügeln und flatterten jedesmal auf mit zwitscherndem Schrei, wenn die besorgte Mutter, im Fluge heranschießend, fette Bissen in aufgesperrte Schnäbel fallen ließ. Und die Spitzensäume der Tannen, der rosige Schaum der Apfelblüte über der Wiese, die jubelnden Kinderstimmen hinter den

Rhododendronbüschen am Teich – es war doch erst gestern, und ist nun, als wäre es nie gewesen, ganz und gar vergangen unter der Decke von Schnee.

O Schwermut der Vergänglichkeit! Daß ich sterben werde, das ist zu dulden. (Lockt nicht manchmal der Gedanke an die letzte Ruhe?) Was aber hilft mir den Schmerz ertragen, daß du sterben wirst, Freund, und daß ihr süßen Leiber meiner Kinder zu Staub zerfallen werdet? Gibt es Traurigeres, als auf einem geliebten Gesicht zu lesen, wie die Vergänglichkeit den Griffel führt?

Ach, soviel du liebst, in soviel Teile wirst du gespalten. Was den äußersten Zweig bewegt in Sturm und Dunkelheit verlassener Nächte, das zittert im Stamme nach. Solange es Frühling ist und wir Kränze der Jugend tragen, können wir vielleicht noch ungeteilt, den Schwerpunkt ganz in uns selbst, dem Leben beide Arme entgegenbreiten: wie bist du so schön! – Aber je mehr der Ring des Jahres sich um uns weitet, um so ausgedehnter wird der Kreis unseres Gefühls, und wir brauchen immer dringlicher auch das Glück der andern, um selber glücklich zu sein. Ja, sind wir nicht zur Freude schon fast verdorben, da soviel Leid und Elend und Kümmerlichkeit von außen uns bedrängt? Nur in den eigenen vier Wänden, im heimlichsten Winkel der Seele kannst du, ist es Winter geworden, noch glücklich sein. Schon der Blick aus dem Fenster trägt dir schwermütige Öde und Trauer ins Herz – –

Sieh! Ein Wildkaninchen! Braun in all dem Weiß, hoppelt es einsam durch den Garten. Paß nur auf, daß dich Troll nicht erwischt, der schwarze Hundeteufel!

Dein Hunger, der dich schnuppernd in die Kohlbeete treibt, wäre für alle Zeiten gestillt. Ob das Karnickelgedächtnis noch weiß, wie es hier im Sommer war, als es zwischen den unbefangenen Hühnern umherhüpfte und selbst die gestrengen Pfauen das kleine Langohr wohlwollend duldeten? Welch lustiges Leben war das damals, und wie beklemmend muß ihm jetzt zumute sein! – Nie werde ich jenes Eichhörnchen vergessen, das nach den bitteren Kältetagen eines vergangenen Winters vor uns über den Weg schlich, zu matt, um auf den Stamm der nächsten Kiefer zu flüchten. Mich traf der Blick der gequälten Kreatur mitten ins Herz.

Und meine Eiche oben auf dem Hügel, die so frei und hoch dasteht, daß die Weite von allen Seiten auf sie zuströmt, ist sie jetzt nicht, eingehüllt in Nebel und Schnee, der wüsten Einsamkeit schutzlos preisgegeben? Doch vielleicht – vielleicht ist sie weniger einsam als ich, der Mensch, der ich hier, den Blick in den Winter, am Fenster lehne, – einsam, ob auch hinter mir im Zimmer Frauke und Daidai mit ihren Puppen spielen.

Ja, am einsamsten unter allen Geschöpfen der Erde ist der Mensch, denn er hat ein Gehirn, das denkt.

Was hilft es, sich aneinanderzudrängen im Nehmen und Geben? Wenn der Wintersturm ums bebende Haus heult, eine eisige Nacht den glitzernden Himmelsabgrund über uns auftut, wenn die entfesselte Natur, die Unendlichkeit des Alls, wenn die Not des Sterbens mit ihren Schauern über uns kommt: was vermöchte dann der menschlichen Einsamkeit zu gleichen! Jedes Ich eine Insel im weiten Ozean. Auch dein nächster Mensch ist unerreichbar fern, und wie weit erst ist Gott! –

Welch eine Bewegung plötzlich im Garten! Frauke und Daidai sind mit dem Schlitten hinausgelaufen. Wäre der Himmel blau und sprühte die Schneefläche im Sonnenschein wie ein Diamantenfeld, die beiden könnten nicht ausgelassener umhertollen. Was macht ihnen der Nebel! Auch aus dem Winter saugen sie ihre Lust, und immer ist da, wo sie gerade sind, der Mittelpunkt der Welt. Und diese Welt, verschneit und grau, scheint plötzlich aufzublühen in Farben, die ihr Gesicht verwandeln. Die hellblauen Anzüge der Kinder, ihre feuerroten Mützen und Schals und Fraukes blondes Haar – die Palette des Frühlings hat nicht frohere Farben. Wie die beiden mir lachend zuwinken –

Nein, um unsere Einsamkeit kann es doch nicht so schlimm bestellt sein, wenn ein Lächeln, ein Gruß der Augen genügt, die Brücke zwischen den Wesen zu schlagen. Und unter den Geschöpfen der Erde ist doch wohl der Mensch am wenigsten einsam, denn er hat ein Herz, das liebt.

Ob auch dieses Herz, sich in der Liebe zerteilend, Leid um Leid auf sich nimmt, – ja mehr Leid als Glück – so läßt sich eben doch nur Leben gewinnen in dem Maße, wie wir uns am Leben verschwenden. Wer sich eng und ängstlich bewahrt, wird als Bettler ins Grab gehen.

In dem großen Ablauf der Zeiten bedeutet jeder nur das, was er wirkt. Nur was wir an Lebendigem von uns abgeben an die große menschliche Gemeinschaft – sinnlos wäre das Dasein des Einzelnen ohne diese Beziehung zum Ganzen – das ist unsere Ewigkeit. Da aber, wie wir glauben, unter allen bildenden Kräften des Daseins sich die Kraft der Liebe am weitesten in die Zukunft hinein auswirkt, so muß der am meisten Liebende zugleich der beste Streiter sein gegen Tod und Vergänglichkeit.

Laß uns darum, wenn wir auch nur, jeder in seinem Kreis, bescheiden Liebende sind, Schmerzen und Schwermut geduldig in Kauf nehmen und der Vergänglichkeit gelassen ins Medusenantlitz sehen. Immer rundet sich ja das Jahr. Aus dem Ende wächst neuer Anfang, unter dem winterlichen Leichentuch grünt schon die junge Saat.

Anke Ehlers

Winter im Teufelsmoor

Wer etwa vor fünfzig Jahren gewagt hätte, Worpswede und dem Teufelsmoor, noch dazu im Winter, einen Besuch abzustatten, den würde man einfach ausgelacht oder für „überkandidelt“ erklärt haben. Das Teufelsmoor – der Name sagt ja genug – war für den tagenbaren Bremer eine sagenhafte Gegend, immerhin der Fundort des damals noch unentbehrlichen Backtorfs. Aber was hatte man mit dem kulturlosen Moorbauern, der ihn zu Schiff oder zu Wagen nach der Stadt brachte, zu tun? Und was war damals Worpswede? Eines von tausend weltfernen verschlafenen Dörfern, das höchstens mal eine Schulklasse von Lilienthal besuchte, um von da den Weyerberg zu besteigen.

Nun – seit die Maler in Worpswede Fuß faßten, hat das Dorf und mit ihm der ganze Umkreis, eben das Teufelsmoor, ein neues Gesicht bekommen und einen Glorienschein dazu. Und nicht lange danach stellten sich unternehmende, wanderfrohe Leute ein, die doch mal sehen wollten, was es auf sich hatte mit der plötzlich entdeckten Naturschönheit, um dann die Landschaftsbilder gleichsam in der Natur selber nachzuprüfen. Nach Jahrzehnten wurde dann Worpswede von Neugierigen, aber auch von echten Naturschwärmern und Kunstkennern überlaufen. Unzählige lockte der seltsame Klang des Malerdorfes. Kamen sie auf ihre Kosten oder waren sie enttäuscht? – Je nachdem. Es hängt auch heute noch alles davon ab, mit welchen

Erwartungen und Ansprüchen man den Ausflug dahin unternimmt. Ansprüche – das klingt schon etwas gewagt, wenn man nur ein paar Stunden zur Verfügung hat und auf die Wetterlaune angewiesen ist. Man sollte das immer berücksichtigen und seinen Reiseplan danach einrichten oder, etwas fatalistisch gestimmt, einfach drauflos wandern und abwarten, was kommt. Die Farbenglut und -sättigung auf den Bildern der alten und neuen Worpsweder ist nicht erdichtet, aber man erlebt sie nicht alle Tage, auch nicht den Sturmhimmel mit den jagenden, zerfetzten Wolken und dem schmalen schwefliggelben Lichtschein. Das wäre also das düstere, so oft schwermütig genannte Moor, das auch an Annette Drostes Gedicht „O schaurig ist's, übers Moor zu gehen“ (Knabe im Moor) anklingt, aber man kann ebensogut, im Frühling und Sommer wenigstens, vom Lichtjubel des Moores reden. Was der Maler Stimmung nennt, hat hier an der Wasserkante im Vergleich zum Binnenland besondere Bedeutung. Die Ausdünstung des Moores tut das Ihrige. Die Wolkenbildungen sind großartiger, farbiger, monumentaler und danach richtet sich die Beleuchtung. Himmel und Erde bleiben immer im Einvernehmen. Jeder Grashalm und jedes Blättchen antwortet auf das Mienenspiel des Himmels und alles verbindet und ordnet sich zu einem besonderen Farbenakkord, der in uns eine besondere Gemütsverfassung oder Stimmung im anderen Sinn erzeugt. So sind die Landschaftsbilder des Malers nicht nur Natureindrücke in bestimmten Beleuchtungen, intime Beobachtungen von Form und Farbe, sondern ihr seelisches Echo und Erlebnis.

Mit einem Wort, wer die launenhafte und herbe Schönheit des Teufelsmoores auf sich wirken lassen will, muß schon etwas mit Maleraugen sehen. Gewiß, der Winter ist auch hier nicht verschwenderisch mit guter Laune. Dem müden, kärglichen Licht entspricht die kärgliche Farbe. Wie sollte es anders sein im Zeichen des ganz allmählichen Erwachens in der Natur? Aber mitunter liegt auch in den gedämpften verschwimmenden Farben der große Reiz des Winterbildes. Es hat die Altersschönheit eines von Lebensstürmen zerfurchten Greisengesichts. Oder soll man es mit einer welkenden Rose vergleichen, deren zerfallende Blätter an die Farbe verblichener Gobelins erinnern? Die Landschaft in ihrem Winterschlaf ist eine Traumschönheit, manchmal zerfließend gehaucht und wesenlos. Aber man blickt durch die entlaubten Bäume und Sträucher hindurch. Alles ist übersichtlicher als im Sommer. Man hat die Struktur des Geländes vor Augen, den Siedlungsplan des genialen Findorff, der das wellige Land aufteilte und kultivierte, mit Gräben und Dämmen, Wegen und Brücken versah.

Neulich hatten wir Rauhreif. Ganz plötzlich kam er, wie zu einem improvisierten Fest, und ebenso schnell war er verschwunden. Aber dieses Fest war von Meisterhand mit geringsten Mitteln und mit sparsamster Palette geschaffen. Grau und grauweiß, ins Rötliche und Bläuliche spielend und dann auf der breiten Krone des Apfelbaumes ein gedämpftes, zerfließendes Milchweiß. Aber auch der Weißdorn daneben brachte sich zur Geltung: Gestern noch kahl und stachlig, wie ein sperriges Gewirr von Drähten und heute mit Fransen und Litzen geschmückt, als ob es geradewegs in den Blütenfrühling hineinginge. Aber am schönsten in ihrer Bezauberung waren doch die turmhohen Tannen. Die Fächer und Wedel, die sie weit von sich streckten und behäbig spreizten, waren leicht bestäubt und bepudert, so daß man unter dem Sternenheer der Kristalle den Wuchs und Bau der Zweige verfolgen, das Geflecht und Gekribbel der wunderbaren Filigranarbeit entwirren konnte.

Ein anderes Bild: Nach langem Zögern, gewöhnlich erst im Januar, kommt der gestrenge Herr mit klirrendem Frost und schneidendem Wind. Nicht ungern gesehen vom Landmann, weil jener ja mit dem Ungeziefer aufräumt und die Insektenlarven abtötet. Aber merkwürdig, der richtige, dicke Winterschnee, der doch die schützende Decke über die Wintersaat breitet, ist nicht nach seinem Geschmack. „De ole Snee mut man wegbliwen." So hört man's, wer weiß wie oft im Moor. Man kann sich nicht durcharbeiten durch den hohen Schnee, holt sich nasse Füße und kann nichts draußen beginnen, keine Zäune und Wege ausbessern, Bäume fällen und verschneiden und was es sonst draußen an Winterarbeit gibt. Aber die Kinder fragen nichts nach nassen Füßen und tummeln sich im Schnee. Am Weyerberg geht's lustig zu, und der fröhliche Lärm rodelnder oder richtiger Schlitten fahrender Kinder dauert bis zur Dunkelheit. Rodeln? Ich weiß nicht – für sportverwöhnte Leute taugen die Bahnen nicht. Immerhin, wer's wagen und sich unter die muntere Dorfjugend mischen will, wird seinen Spaß haben, namentlich bei dem kühnen, aber gefahrlosen Hopser am Schulberg.

Die Tage nehmen zu und mit ihnen der Frost. Endlich, endlich kommt auch die ersehnte Sonnenklarheit, der Höhepunkt des Winters, das nordische Winterideal für Naturfreunde. Man kann den Frost abschätzen am Knirschen der Schritte, besser noch an dem jämmerlichen Klagelied der Wagenräder von den Torfwagen, die uns begegnen. Der Kutscher ist nicht zu beneiden trotz des dicken feldgrauen Mantels, der ihn umhüllt. Auch die Bauernhäuser sind eingemummelt, aber in solide Schneedecken.

Wer sich's leisten kann, sitzt hinterm Ofen. Das Tagewerk, Füttern, Essen- und Futterkochen, ist bald getan. Manche Tagelöhner machen Reiserbesen, und die Altenteiler stricken mitunter Strümpfe und Handschuhe, während die Frauen am Spinnrad sitzen, wie vor hundert Jahren. Nur das Schweineschlachten, zwei-, dreimal im Winter, bringt genug Leben und Aufruhr in das zeitlose Hindämmern.

Wir besteigen den Weyerberg und lassen den Blick über Moor- und Hammeniederung schweifen, über die beschneite Ebene, und die weißen, kaum abgetönten Halden und Schluchten. Man kann kaum von Farbe reden, so einförmig ist dieses Bild gegenüber der sommerlichen Buntheit und Pracht, aber doch von einer Zartheit und feierlichen Größe, die einen innerlich befreit und über alles Drückende, alle erdgebundene Schwere hinaushebt. Aber am Nachmittag, ziemlich früh schon, nimmt die Sonne Abschied und versprüht gutgelaunt ein Feuerwerk, schöner fast wie an klaren

Sommerabenden. Das Glitzern und Funkeln der Schneekristalle nimmt kein Ende und dann legt sich ein warmer Goldhauch darüber, während die Schatten von Fußstapfen und Erdfurchen blau und violett aufleuchten. Was ist nur mit dem kleinen Kroppzeug der Tannen und verkrüppelten Eichen geschehen? Sie treiben jetzt schon ihren Mummenschanz und haben sich in Kakteen, Kobolde und Fabeltiere verwandelt, aber unnahbar, alles überragend, stehen die Fichten und Föhren in ihren duftigen graurosa Kleidern gegen den glasklaren grünen Winterhimmel, an dem schon bald die ersten Sterne aufblitzen.

Karl Krummacher

Anbetung

Wir sind mit unsrer Königsmacht
schwermütig hergeritten.
Es schneite auf uns Tag und Nacht,
auf Mann und Pferd und Schlitten.

Die Tür geht auf, es summt der Wind,
wir beugen unsern Rücken,
da wir die Krippe und das Kind
im Dämmerlicht erblicken.

Hier ist das Gold, der Weihrauch hier
und hier, o Kind, die Myrrhen.
Du lächelst, und schon fühlen wir,
wie wir uns ganz verwirren.

Wir haben anders dich geglaubt.
Nun treten wir ins Dunkel
und heben ab von unserm Haupt
der Kronen Goldgefunkel.

Das Wissen von der bunten Welt,
vom Meer und seinen Häfen,
von Mond und Stern am Himmelszelt,
wir streifen's von den Schläfen.

Das Ich, das trotzig sich erschuf
über den andern allen,
will nun wie ein verlorner Ruf
im Innersten verhallen.

Wir neigen unsers Alters Gram
auf deine kleinen Hände.
Und in dem Neigen wundersam
geht alle Not zu Ende.

Die Pferde draußen schütteln sich
und klirren mit den Glocken.
Und lautlos fallen Strich an Strich
darüberhin die Flocken.

Manfred Hausmann

Dortjes Weihnachtsgeschenk

Seit uralten Zeiten, muß man beinahe schon sagen, gehen die Leute aus dem Moor, wenn sie Einkäufe zu den Feiertagen, Hochzeiten oder andern bedeutsamen Gelegenheiten machen wollen, zu Stoltes Laden am „Weyerbarg". Der ist der älteste am Platze, „A. D. 1824" steht zuoberst der Ladentür, und drinnen kannst du alles finden, was die Wirtschaft nötig hat und das Herz begehrt: Kolonial-, Manufaktur-, Kurz-, Eisen-, Glas- und Porzellanwaren, Wurst, Speck, Schinken, Käse, Obst, Gemüse und Südfrüchte, jeweils nach der Jahreszeit frisch und reif, Wein und Spirituosen, Süßholz, Johannisbrot, Lakritzenstangen und Bontjes für die Kinder, Farben, Lacke und Pinsel, Tünchquasten und Feudel, Gartengerät, Schlipse und Hosenträger nebst den dazu nötigen Knöpfen, Seidenstrümpfe und Toilettenartikel für die vielen hübschen Moordeerns, wenn sie sich zum Tanz fein machen wollen, und so neben allem, was sich im einzelnen unmöglich aufzählen läßt, zur Weihnachtszeit den schönsten bunten Krimskrams für das Weihnachtsfest, den Weihnachtsmann, den Lichterbaum und vor allem für die Kinder.

Alljährlich, wenn die Zeit des Weihnachtsmannes naht, wird ein Raum im Kaufhaus Stolte besonders für ihn hergerichtet. Aber bevor er kommt und die vielen Herrlichkeiten, die Puppen und Schaukelpferde, Eisenbahnen, Autos, Flugzeuge, Mundharmonikas, Trommeln, Trompeten, Flinten, Säbel, Bleisoldaten aller Waffengattungen und wer weiß was sonst noch in den großen Sack packt, um alles heimlich in den stockdunklen Nächten des Julmondes in die Moordörfer und -häuser weit in der Runde zu bringen, dürfen die Kinder selber kommen, um die Ausstellung zu besichtigen. Das ist dann, vor allem nach der Schulzeit und an den letzten Sonntagen vor dem Fest, ein Gedränge und Bestaunen, ein heimliches Flüstern, Wünschen und Wählen mit lüsternen Augen, und die guten Stoltes haben nicht wenig damit zu tun, Obacht zu geben, daß bei allem Anfassen und Versuchen nicht schon manches Stück zu Bruch oder gar „verschütt" geht, weil der eine und andere Knirps sich selbst so zeitig wie möglich die Verwirklichung seiner Weihnachtswunschträume sicherstellen möchte.

Aber die kleine Dortje Grimm, eine fixe Bauerndeern mit quickfrischen Augen und zwei steifgeflochtenen Blondzöpfen, die eines Tages den Stolteladen und die Weihnachtsschau auf eigene Faust besuchen kommt, weiß schon besser, was sich gehört und rührt deshalb nichts von all den schönen Dingen an, so sehr es ihr auch in den Fingern kribbeln mag. Sie betrachtet alles ernsthaft wie eine angehende Hausmutter, die Puppen und die Kreisel, die Steckenpferde, das silberne Engelshaar und die bunten Christbaumkugeln, und da der Hauptladen nebenan mit anderer Kundschaft voll besetzt ist, so bleibt ihr wohl eine Stunde Zeit, bis Kaufmann Stolte ihrer endlich gewahr wird und sie über den Ladentisch hinweg fragt, ob sie außer dem Besehen und Bestaunen der Weihnachtsausstellung wohl noch etwas anderes auf dem Herzen hat.

Ja, das hat Dortje allerdings, nämlich: „Ick moch woll sülben 'n beten wat för'n Wihnachtsmann utsöken."

Was und für wen es denn sein solle, für die kleineren Brüder und Schwestern oder für wen sonst, erkundigt sich Kaufmann Stolte, dieweil er noch einen von den vielen andern Kunden weiter bedient.

Darüber ist sich Dortje Grimm selber noch nicht ganz schlüssig. „Tschä", entgegnet sie, „ick moch woll am leewsten für alle tohoop wat besorgen, aber dor langt man mien Geld nich hen. Nee, ick sök blot wat für mien Pappa und miene Mamma, man ick hebb blot fief, söß Groschens, und dor kann ick woll keen' groten Sprünge mit moken."

„Nee", lacht Stolte, „dat kanns du woll nich, mien Deern. Aber kiek di noch ens um un sök di wat Paßliches ut. Wi wollt mit den Pries denn woll toschick kommen."

Dortje Grimm macht von der freundlich erteilten Erlaubnis nochmals ausgiebig Gebrauch, und endlich findet sie irgendwo in einem Regal ein kleines lackiertes Brettchen mit einem darauf befestigten winzigen Spiegel und einer hölzernen Rolle, die von zwei an dem Brett beweglich festgemachten Drähten gehalten wird. Sie weiß nicht, wozu das seltsame Ding eigentlich dienen mag. Aber da der Preis von fünfzig Pfennigen darauf verzeichnet steht, so nimmt sie's und geht damit an den Tresen, um von Kaufmann Stolte zu erfahren, welche Bewandnis es mit dem Gegenstand hat.

Stolte lacht und erklärt ihr, das wäre ein Ding, das mit einer Rolle Kreppapier für einen gewissen Zweck in einem gewissen Örtchen, das in keinem Hause fehle, zu hängen käme.

„Och nee“, wundert sich Dortje, der von der ihr gegebenen Auskunft wohl ein halbes, aber noch nicht das ganze Licht aufgegangen ist, und deshalb möchte sie genauer erfahren oder besser noch praktisch vorgeführt haben, wie das mit dem Anbringen der Papierrolle auf dem Brettchen und überhaupt mit der ganzen Handhabung funktioniert.

Dem Kaufmann Stolte macht die Gewissenhaftigkeit der kleinen Einkäuferin Spaß, und obgleich er mit dem Bedienen der andern Kunden alle Hände voll zu tun hat, so nimmt er sich doch die Zeit, eine Rolle des gewissen Papiers für den gewissen Zweck herbeizuholen und der lütten Deern zu zeigen, wie die Papierrolle und das Brettchen zu einem gebrauchsfertigen Ganzen zusammengefügt wird und danach nur an einem Nagel auf dem bestimmten Örtchen aufgehängt zu werden braucht, um zur Benutzung fertig zu sein.

Dortje freut sich unbändig, als sie den Fall ganz begriffen hat und ruft unter dem Schmunzeln und Lachen der ganzen anwesenden Kundschaft strahlend: „Oh, dat is aber fein! Dat fehlt us to Hus grade noch! Dor schall sick use Pappa un use Mamma wat to freien!“

Also, sie will den Handel mit Kaufmann Stolte gleich abschließen. Doch im selben Augenblick mischt sich eine von den Kundinnen, eine feingekleidete Dame ein und meint mit etwas hochfahrendem Tadel zu Dortje: „Aber Kind, wie unvernünftig ist das doch von dir! So ein Klosettpapierhalter ist doch gar nichts für so einfache Leute, wie ihr seid. Der gehört, was du noch nicht zu wissen scheinst, nur in bessere Häuser, wo ein W. C. vorhanden ist, ein Klosett mit Wasserspülung meine ich, und das habt ihr in euerm Bauernhause doch bestimmt nicht."

Mit gespitzten Lippen vernimmt Dortje Grimm, was die feine Dame zu ihr spricht, und da sie nicht nur eine helle Deern ist, die bereits von der Schule her weiß, was der merkwürdige Ausdruck „W. C." bedeutet, sondern auch schon ein feines Ohr für den Ton allzu herablassenden Wohlwollens besitzt, den sie aus der Belehrung der Dame heraushört, will sie sich von deren abschätziger Meinung durchaus nicht unterkriegen lassen. So legt sie unbekümmert die fünf Groschen für den Halter und noch einen dazu für die Rolle Papier auf den Tisch und äußert dazu so laut, daß es von allen andern mitanwesenden Kunden vernommen werden kann: „Ja, mit so einem W. C., das ist wohl richtig, das haben sonst nur die feinen Leute, und zu denen gehören Bauern denn ja nicht. Aber die sollen sich man nicht zuviel einbilden. Wo doch jetzt Weihnachten ist, da dürfen sich mein Pappa und meine Mamma, die wo auch nur einfache Bauersleute sind, mit dem feinen Klosettpapier doch auch wohl mal 'n guten Tag machen!"

Spricht's, und ihre Augen strahlen geradezu im Triumph, als sie mit ihrer Erwerbung im Arm und einem besonders schnippischen „'n Tag auch!" zu der bewußten Dame hin den Stolteschen Laden verläßt.

Carl Emil Uphoff

Mit dem Schlitten am Deich

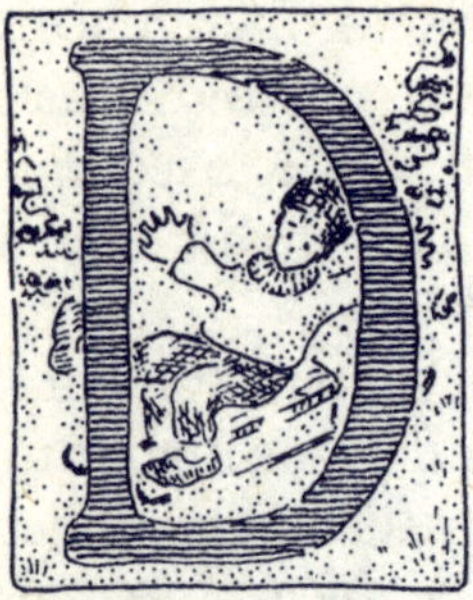

Das schönste Vergnügen hatten wir im Winter, wenn es tüchtig geschneit hatte. Dann zogen alle mit Schlitten zum Deiche und sausten jauchzend um die Wette die schrägen Seiten hinab, mitunter bis dicht an das Wasser. Dann wurden spiegelglatte Glitschen gemacht, so lang, daß man kaum das Ende sehen konnte, und auf den überschwemmten Wiesen war die schönste Schlittschuhbahn, die man sich nur denken konnte.

Schon drei Nächte lang hatte es stark gefroren, das Eis mußte fest genug sein. Dazu war seit heute morgen Schnee gefallen. Den ganzen Tag lang waren die kleinen weißen Wintervögel ohne Aufhören vom Himmel herabgeflattert. Als wir am Nachmittage aus der Schule kamen, wurden wir unterwegs weiß wie Schneemänner.

Ich ließ mir kaum Zeit zum Kaffeetrinken. Mit dem Butterbrote in der Hand lief ich hinaus, um am Deich dem Schlittenfahren zuzusehen.

Alle Jungens hatten Schlitten, nur ich nicht. Vielleicht, daß ich zu Weihnachten einen bekam? – – –

Es hatte zu schneien aufgehört. Auf dem überschwemmten Werder war eine Bahn gefegt. Ich konnte vom Deich aus das Jubeln und Lachen der Läufer und das Schrammen und Klingen der Eisen auf dem harten Eise hören.

Ein Schlitten, mit einem Schimmel bespannt, klingelte vorüber. Ach, wie sah das schön aus: das weiße

Pferd, der weiße Schnee, die weißen Pelze und die rotlackierten Sitze. Wenn ich doch auch so in Pelz eingehüllt dahinjagen könnte! Ja, das mußte schön sein, aber noch lieber hätte ich einen kleinen Handschlitten gehabt wie die andern. Einmal hatte ich mir selbst einen aus einer Kiste zurechtgezimmert, aber er war gleich wieder zerbrochen.

Mit den Händen in den Hosentaschen stand ich frierend da und mußte zusehen, wie die andern Jungen vergnügt den Deich hinabrutschten. Alle stellten sich in einer Reihe auf, einer kommandierte, und dann flogen alle Schlitten den Abhang hinunter bis weit auf das Eis. Wer sich mit dem Fuße den kräftigsten Stoß gegeben hatte, wer zuerst unten ankam, wer am weitesten über das Eis flog, der hatte gewonnen. – Ach, wenn ich doch auch mitspielen könnte! Aber ich hatte ja keinen Schlitten! Alles könnte der Weihnachtsmann behalten, wenn er mir doch nur einen Schlitten bringen wollte!

Da kamen zwei Jungen den Deich herauf. Lässig zogen sie ihre Schlitten hinter sich her. Die wußten wohl gar nicht, wie schön es ist, wenn man Schlittenfahren kann. „Ich geh da hinten hin und glitsche", sagte der eine zum andren. Ich kannte sie beide nicht. „O, ich gehe mit!" rief der andere, „ich habe auch keine Lust mehr, immer wieder den Deich hinaufzuklettern. Aber wo lassen wir unsere Schlitten?" – „Soll ich sie euch bewahren?" fragte ich schnell und trat auf die beiden zu. „Ja", sagte der eine, „das kannst du tun, mußt aber fein aufpassen, daß keiner wegkommt!" O, das wollte ich wohl! Schüchtern fragte ich, ob ich auch mal auf einem ein bißchen fahren dürfte. Prüfend sahen mich beide an. „Ja“, sagte dann der andere, „aber wenn du einen verlierst, oder wenn einer gestohlen wird, dann –.“ Er machte eine Faust und lief mit seinem Kameraden davon.

O nein! Ich wollte schon gut achtgeben! Den einen band ich an den Baum, ganz fest, daß ihn niemand losbinden konnte. Dann legte ich mich der Länge nach auf den anderen, stieß tüchtig mit dem Fuß ab, und – erst langsam, dann immer schneller und schneller flog ich die glatte Bahn hinab. Er schien gar nicht halten zu wollen. Bis weit auf das Eis hinaus rutschte er und nahm einen ganz anderen Weg als die übrigen.

Plötzlich gab es einen Ruck, ich bekam einen Stoß, und lachend flog ich in den dicksten Schnee. Wie sah ich aus! Es war nur gut, daß Mutter mich jetzt nicht sehen konnte. Aber es hatte doch Spaß gemacht. Schnell wieder den Deich hinauf. – Aber was war das! – Da fehlte ja vorn am Schlitten eine der eisernen Spitzen! Erschrocken suchte ich umher. Richtig, da lag das handgroße Stück Eisen im Schnee dicht bei dem Stein, an welchen der Schlitten geprallt war. – Was nun? – O weh, das war eine böse Geschichte! – Den Schlitten stehenlassen und davonlaufen? Nein, das wäre schuftig gewesen! Wenigstens mußte ich ihn dahin bringen, wo ich ihn erhalten hatte.

Da stand ich nun auf dem Deiche und hielt die abgestoßene Ecke in der Hand und überlegte, was ich beginnen sollte. – Da fiel mir auf einmal etwas ein. Sicher wußte Vater Rat. So rasch es ging, zog ich den Schlitten nach Hause und erzählte, was geschehen war, ohne zu verraten, daß das Eisenstück durch meine Schuld abgestoßen war. „Ja, mein Junge! Das ist leider Gußeisen, das kann nicht geschmiedet werden. Damit ist nichts zu machen“, sagte der Vater kopfschüttelnd.

Nun war ich ganz ratlos und stand lange Zeit vor unserm Hause und probierte immer wieder, wie es gesessen hatte, und überlegte, auf welche Weise das abgebrochene Stück wieder zu befestigen wäre. Aber wenn selbst der Vater keinen Rat wußte. – – –

Es blieb mir doch nichts anderes übrig, als den Schlitten wieder an seinen Platz zu bringen. Als ich ankam, wo ich ihn erhalten hatte, rief jemand: „Kurt! Kurt! Komm hierher! Dein Schlitten ist wieder da!“ In vollem Laufe kam eine ganze Schar von Knaben auf mich zu, und der, dem der Schlitten gehörte, fragte böse: „Wo bist du gewesen?“ – „Ich, ich war in meinem Hause“, stotterte ich. „So’n Dieb!“ rief er mir zu. „Fragt, ob er auf unsere Schlitten achten soll, und dann bindet er den einen an einen Baum und kümmert sich nicht drum und fährt mit dem andern nach Hause, um ihn zu behalten. – Das sollst du büßen!“

Sich zur Erde bückend, machte er einen Schneeball, und ehe ich wußte, was geschah, und ehe ich sprechen konnte, flogen von allen Seiten wohlgezielte Bälle auf mich zu, gegen die ich mich nicht wehren konnte.

Ich stolperte, ließ das Stück Eisen fallen und lief davon. Plötzlich spürte ich einen scharfen Schmerz am Hinterkopf. Blitze zuckten durch die Luft, in meinen Ohren rauschte und donnerte es, die Stimmen wurden leiser und immer leiser – dann sank ich in den Schnee und wußte von nichts mehr. – –

Bunte Blumen in der Bettdecke, bunte Blumen auf

der Fensterbank. Und vor dem Bette steht der Vater, der lacht über das ganze Gesicht und streicht mir das Haar aus der Stirn, und die Mutter tritt in die Kammer, und der Vater winkt ihr mit der Hand, und beide stehen am Bett und nicken mir zu, und die Mutter weint. –

Ja, träumte ich denn alles, oder ist es wirklich so? – Ein Wagen rollt und hält draußen, die Haustürglocke klingelt. Der Vater geht hinaus und kommt mit einem Herrn herein, der eine goldene Brille trägt und lacht und mir die Hand gibt und sagt: „Endlich!"

Jetzt merke ich erst, daß ich eine Binde um den Kopf trage, die nun von dem Arzte abgenommen wird. Es schmerzt stark, Haare werden abgeschnitten. Der Doktor räuspert sich und sagt: „Es wird besser." – Ach, ich bin so müde geworden, ich liege und schlafe ein.

Und nach vierzehn Tagen kann der Verband fortbleiben, und der Arzt klebt ein Pflaster auf die Wunde, und ich darf auf dem Sofa liegen und ein wenig in der Stube herumgehen. –

Und nach acht Tagen ist Weihnachten! Der Heilige Abend ist da, und der Vater trägt mich auf dem Arme in die gute Stube. Da brennt der Baum, da glitzert alles, die Augen tun mir weh davon – und unterm Baum? – Da steht ein Schlitten, ein prachtvoller Schlitten mit Eisen so glatt wie Schlittschuhe. – „Ein Schlitten! Ein Schlitten!" juble ich und besehe ihn von allen Seiten und nehme ihn auf die Arme und wäre am liebsten mit ihm hinausgelaufen.

Aber draußen ist Tauwetter, und ich muß warten.

Und endlich! Endlich gibts neuen Schnee, und ich darf hinaus an den Deich und fahre hinunter, immer wieder und immer wieder und juble und lache. Und als ich nach Hause komme, habe ich rote Backen, und die Mutter freut sich darüber, und ich bin glücklich und weiß nichts mehr von Krankheit, aber – die Narbe habe ich noch heute.

Heinrich Scharrelmann

Wie Hermann Allmers Weihnachten feierte

Am Weihnachtsabend besuchte der Marschendichter Hermann Allmers fast alljährlich den Gottesdienst in der Kirche in dem benachbarten Sandstedt, um sich an dem Kerzenglanz der Weihnachtstanne zu erfreuen. Nach Rückkehr von dort ließ er sein Gespann vor dem Rechtenflether Friedhofe halten und begab sich, während sein Neffe mit dem Wagen nach Hause fuhr, zu seinem Erbbegräbnis, um, wie er sagte, Zwiesprache mit seinen dort ruhenden Eltern zu halten. Vom Friedhof lenkte er seine Schritte durch die stillen, weihnachtlichen Straßen Rechtenfleths zurück in sein Heim. Aus allen Fenstern der tiefverschneiten Häuser grüßten ihn flimmernde Weihnachtsbäume.

Die Weihnachtsfeier, die er dann seinen Hausgenossen bereitete, wird allen unvergessen bleiben, die je daran teilnahmen. Die Wände der Halle seines Hauses schmückte er mit grünen Stechpalmen, hinter ihnen waren Lichter angebracht. Weihnachtsabend wurde in alten Zeiten hier auch wohl „Vullbuksabend“ genannt. Es gab zum Abendbrot Gänsebraten und später, als die Gänsezucht in Osterstade mehr und mehr verschwand, Braunen Kohl und Rauchfleisch, Speck und Pinkel. Während die Leute aßen, ordnete Allmers in der Halle den Weihnachtstisch. Jeder bekam ein Geschenk und für jeden wurde ein Teller mit Kuchen, Äpfeln und Nüssen gefüllt. Auch für sich selbst legte er irgendeine Gabe auf den Tisch und daneben auch einen Bunten Teller. Nachdem er dann die Kerzen hinter den Stechpalmen angezündet hatte, ging er mit der alten Bugenhagenschen Bibel aus dem Jahre 1578, die jetzt oben im Erkerzimmer des Allmersheims liegt, in die Leutestube und las in plattdeutscher Sprache, das Weihnachtsevangelium vor. Alsdann sagte er: „Nu west mal'n Ogenblick ganz still; ick will ins tokieken, ob he (der Weihnachtsmann) all da wesen is." Dann schlich er leise in die Halle, kam aber bald zurück mit den Worten: „Ne, wi möt noch'n beten töben!" Nachdem er das einige Male wiederholt hatte, kam er schließlich mit lautem Hallo zurück: „Hurra, he is'r wesen! Nu kamt man all her!" Jeden führte er dann an seinen Platz und freute sich über die Freude der Beschenkten. Alle mußten ihm ihre Geschenke zeigen, als ob er diese nicht kenne. Eine alte achtzigjährige Frau in Rechtenfleth, die als junges Mädchen lange Jahre bei Allmers in Stellung war, erzählte immer wieder gern von diesen Weihnachtsfeiern. Als sie ihm einmal ihr Geschenk gezeigt hätte, habe er gemeint: „Dortjen, Dortjen, mußt du awer ortig wesen hebben, dat he di so vel brocht hett. Ick hev lang so vel nich kregen."

Nach einiger Zeit entfernte sich seine treue Wirtschafterin, die alte Tante Mina, in die Küche, kehrte aber bald zurück mit einer dampfenden Terrine mit Eierpunsch, von Allmers jubelnd begrüßt. Bei diesem Getränk verlebte man dann noch eine gemütliche Stunde in frohem, zwanglosen Wechselgespräch. Bei einer solchen Weihnachtsfeier verließ er auf kurze Zeit die Festtafel und begab sich in später Stunde zur Post, um als Weihnachtsgabe an den fränkischen Bauerndichter Edmund Stubenrauch einen namhaften Geldbetrag telegraphisch überweisen zu lassen. Auch einige Einwohner unseres Ortes, die weniger mit Glücksgütern gesegnet waren, bedachte er zum Feste mit irgendeiner klingenden Gabe.

Am zweiten Festtage lud er die Rechtenflether Schuljugend in sein Heim. In der Halle und in dem angrenzenden Antiken Saale waren lange Tische gedeckt, an denen seine jungen Gäste mit leichtem Punsch und Kuchen bewirtet wurden. Die beiden Lehrer wurden in sein Arbeitszimmer gebeten zu einem deftigen Grog. Bald war die kleine Gesellschaft außer Rand und Band, nachdem die erste Befangenheit verschwunden war. Dabei war Allmers der Ausgelassenste. Wenn wir Lehrer uns dann einmal, wenn es gar zu laut wurde, um unsere Zöglinge kümmerten, schlug uns Tabakduft entgegen: die Jungen hatten Zigaretten rauchen müssen. Dann pflegte Hermann Allmers zu sagen: „Nicht schelten! Die Jungen müssen doch auch das Rauchen lernen. Ich habe es mir leider schon in meinem zwölften Jahre abgewöhnen müssen.“ War es dann genug, so forderte er seine Gäste auf: „So, nu lat us noch mal dat feine Led von’n Herzog von Brunswiek singen: „De Herzog von Brunswiek, de harr een witt Peerd. Mit een Og kunnt nich sehn; dat annere weer rein ute. Nu wischt aff joer Snute!“ Dann war Schluß. Auch an den Weihnachtsfeiern unserer Schule im Osmersschen Saale, einige Tage vor dem Feste, beteiligte sich Allmers stets gern. Um den Kindern kleine Weihnachtsgeschenke zu machen, stellte er den Lehrern stets einen größeren Geldbetrag zur Verfügung. Bei der Bescherung spielte er auch wohl den Weihnachtsmann, umjubelt von der Rechtenflether Dorfjugend.

Friedrich Beckhusen

Der Eiskäfer

In den ersten Wintern unseres Worpsweder Lebens liefen wir mit der Dorfjugend oft Schlittschuh auf der weiten Eisfläche des Hammetals; so eines Tages O. Modersohn, am Ende und ich.

Während wir zwei begeistert Bogen schnitten und im Schwung dahinglitten, sahen wir Modersohn plötzlich Halt machen und niederknien. Er hatte einen Käfer unter dem Eise entdeckt, und als eifriger Sammler suchte er seiner habhaft zu werden. Er pickte mit seinem Messer das Eis auf, aber der Käfer huschte weiter. Modersohn hinter ihm her, ohne zu merken, daß er sich im Kreise drehte und das Eis durchschlug.

Plötzlich gab es einen Krach; unser Freund war verschwunden, untergetaucht, und wir hatten Eile, ihn aus dem Wasser zu ziehen.

Dann gings im Lauf in seine Stube beim braven Struß. Durch einen kräftigen Grog suchten wir unsern Freund Otto vor schlimmeren Folgen seines Reinfalls zu bewahren.

Aber ohnehin kein Freund des Sports, war ihm das Schlittschuhlaufen leid geworden.

Fritz Mackensen

Rilkes Christkind

Das Frühjahr 1901 sah in Worpswede drei neuvermählte Ehepaare. Heinrich Vogeler hatte Martha Schröder, Rainer Maria Rilke Clara Westhoff und ich Paula Becker heimgeführt.

Es war natürlich, daß wir Ehepaare uns zunächst von einander zurückhielten und unser Glück für uns haben wollten. Aber mit Rilke und seiner Frau wurde es doch etwas langweilig. Einst froh und gesellig, hüteten sie jetzt zu sehr ihre Einsamkeit und spannen sich ganz ein in ihrem Häuschen in Westerwede. So ward es Sommer und Herbst, und Weihnachten stand nahe bevor. Da meldeten sie uns die Geburt ihrer Tochter Ruth. Nach einiger Zeit wollten Paula und ich ihnen zu den schriftlichen auch unsere mündlichen Glückwünsche bringen.

Wir klopften und zogen die Schelle an der Seitentür des alten Bauernhauses. Niemand kam zu öffnen. Uns wurde frostig in Kälte und Schnee. Schon wollten wir unwirsch wieder gehen. Da hörten wir Schritte. Wir konnten eintreten und was sahen wir? Da saß Clara mit dem Kindlein auf dem Arm im Stuhl, und hinter ihr stand in Mantel und Hut, gestützt auf einen langen Stab, Rainer Maria: es war wie das Bild der heiligen Familie. So anschaulich – bildlich pflegte sich Rilke gern zu geben. Wie ein Christkind, ein Gottesgeschenk zur Weihnacht, war ihm die kleine Ruth erschienen. Und dann hatten wir noch eine gute und frohe Stunde miteinander.

Otto Modersohn

Paula Modersohn-Becker: Zwei Briefe

An Otto Modersohn

Bremen, Wachtstraße 43
den 24. Dezember 1900

Du, es ist noch Weihnachtsabend, oder schon Weihnachtsmorgen. Es riecht nach Tannen und Kerzenbrand und vor mir stehen leere, grüne Römer. Auf meinem Weihnachtstisch ist mein fünfarmiger Leuchter fast niedergebrannt, sein flackernd Licht fleucht noch über tausend liebliche Dinge. Viel drollige Sachen für unser Heim, einen wunderbaren alten Spiegel. Daneben kreucht mein liebes Nerztier, das ich mir mit Liebe um den Hals kriechen lasse.

Milly hat mich mit einer wunderbaren Reisetasche überrascht. Und ich sitze hier in einer feuerroten Sammetbluse in unserer Weihnachtslaube. Ob ich Dir wohl drin gefalle? Dann liegt auf meinem Tische ein Wolkenträumlein von einem Brautunterrock. Du? Ob wir dann wohl selbander gehen eines schönen Tages über den Berg nach dem Kirchlein? Ich war heute sehr bei Dir, Lieber. Am Nachmittag drückte mir mein Vater schweigend Deinen Brief in die Hand. Dann ging ich unter Glockengeläute durch die dämmernde Stadt. Ist es nicht komisch? Ich hatte gerade am Morgen an Milly erzählt, was Du mir nachmittags schriebst. Es steckt in solcher Stadt soviel Originalität in Form und Farbe. Man hat es noch nicht im geringsten erschöpft. Mir kommt es vor, als ob man es noch gar nicht angefangen hat.

Daß ich Dich noch vor meiner Berliner Reise wiedersehn soll, ist mir eine große, tiefe, innige Freude. Und daß Du dann noch einmal gemütlich unter den Meinen sein wirst. Du Lieber, sie haben Dich schon alle so lieb.

Ein Augenblickchen blickte Vogeler heute herein hier in unsern Weihnachtsnachmittag. Er war gerade im Begriff seiner Martha und sich Trauringe zu besorgen. – Weißt Du wohl, wir beiden, wir haben es so sehr gut. Ich habe die ganze Zeit solch ein großes stilles Dankesgefühl in meinem Herzen. Meine ganze Familie läßt Dich innig grüßen. Ich bin bei Dir mit meiner ganzen Liebe und umgebe Dich damit. Fühlst Du es wohl?

Wenn Du schon am zweiten [Januar] kommen würdest, so wäre es mir sehr lieb. Denn ich möchte gern früh weg nach Berlin, um früh wiederzukommen. Wenn Dir das aber nicht paßt, so warte ich natürlich bis zum dritten.

– Ob wir das nächste Weihnachten schon bei uns feiern. Lieber, ich mag an dieses Glück noch gar nicht denken. Und Du? – Sei innig geküßt von mir.
Dein Mädchen.

An Rainer Maria Rilke
Bremen, Wachtstraße 43
Immer noch Weihnachten

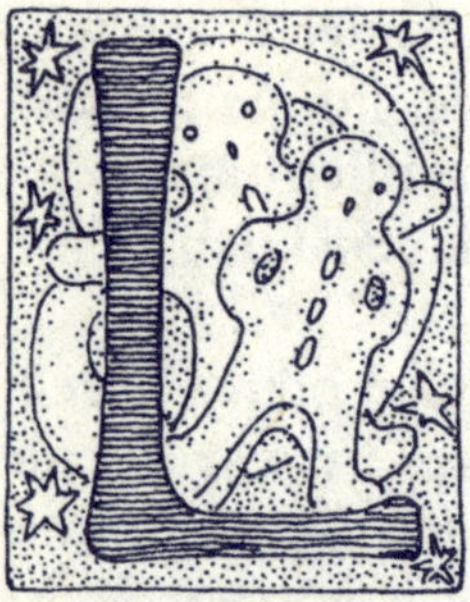

Lieber Freund,

Mir ist die ganze Zeit so nach Weihnachten zu Mute und mir ist so, als müßte ich zu Ihnen kommen und Ihnen das sagen. Es ist solch ein wunderbares Fest. Und ist eins das lebt und wärmt. Es ist ein Fest für Mütter und Kind, und auch für Väter. Es ist ein Fest für alle Menschheit. Es kommt über einen, und legt sich warm und weich auf einen und duftet nach Tannen und Wachskerzen und Lebkuchenmännern und nach vielem, was es gab und nach vielem was es geben wird. Ich habe das Gefühl, daß man mit Weihnachten wachsen muß. Mir ist als ob dann Barrikaden fallen, die man mühsam und kleinlich gegen so vieles und viele aufgebaut hat, als ob man weiter würde und das Gefäß allumfassender, auf daß darin jedes Jahr eine neue weiße Rose aufblühe und den andern zuwinkt und in sie hineinleuchtet und ihnen die Wange streicht mit ihrem Geschimmer und die Welt erfüllt mit Schönheit und Duft. Und das ist Leben, und ist ein Leben wie ein Gebet, ein frommes Gebet, ein jauchzendes Gebet, ein liebliches und lächelndes Gebet, welches immer tiefer hinabsteigt in den Sinn des Seins, dessen Auge größer wird und ernster, weil es viel gesehen. Und wenn es alles gesehen das letzte, dann darf es nicht mehr schauen, dann kommt der Tod. Und vielleicht versöhne ich mich in diesem

Sinne mit dem Tod, weil ich ihn ja auch einst leiden muß. Dann ist es besser so. – Ich freue mich darüber, wieder mit Ihnen zu sprechen. Sie hören so gut und freundlich zu und ich habe keine Scheu, die Dinge so zu nennen, wie sie in mir liegen.

– Wir haben eine schöne grüne Weihnachtslaube im Wohnzimmer. Mein kleiner Bruder hat sie gebaut. Das ist ein schöner Winkel für Ihre Geschichten vom lieben Gott. Ich habe sie Milly unter den Weihnachtsbaum gelegt, und sie ist sehr froh und läßt Sie grüßen. Und ich grüße auch schön und freue mich auf Sie und über Sie. Sie sind dann in Berlin mein einzigstes Stück Worpswede und das ist viel. Es dunkelt. Ich sitze im Wesererker und lasse das Wasser unter mir vorbeigleiten. Sonst macht mich dies Wasser immer so traurig. Es ist so langsam und lautlos und geduldig und die langen Kähne liegen darauf als weinten sie still. Und eigentlich weint sonst alles, was um das Wasser herum steht, die großen roten Speicher und die kleinen weißen Häuser und wenn sie sich im Wasser spiegeln, dann zittern sie und weinen noch mehr. Ich glaube aber heute weinen sie nicht, denn es ist Weihnachten. Die Häuser weinen heute, glaube ich, nicht und das Wasser auch nicht, nur ist es still und alt und traurig und gut und lächelt nur selten und wie mit Schmerzen, denn das Leben hat es gelb und mürbe gemacht. Wie mein lieber Vater, ist es. Dem war sein Leben auch zu schwer und der Tage zu viel, die die Lichtlein und Kerzen und Feuerbrände in ihm auslöschten. Ich muß Ihnen einmal etwas von ihm erzählen. Er ist einer, der mir den Gedanken gab, daß Altwerden schrecklich

wäre. Nun glaube ich es aber doch nicht mehr. Leben Sie wohl. Ich muß abbrechen. Es war nur eine kurze stille Stunde die mir blühte. Jetzt kommt wieder die Welt mit ihren Anforderungen. Da versuche ich denn auch, manche zu erfüllen, denn ich habe es ja so gut.
Ihre Paula Becker

Nebelnacht im Winter

Nun ist nichts mehr,
und alles ist doch noch vorhanden,
verwirklichend klirrt Frost in einem welken Blatt.
Der Rauhreif ist wie eine Schmerzenszeugung über
Nacht entstanden,
die in dem Nebel – wie im Knospenflaum – bereits ihr
Dasein hat.
Ein Ruf tönt her.

Der Ruf kommt aus dem Schweigen wie aus einem
schweren Tuch,
erstickt und leblos, wie dem Jenseits noch einmal
entrissen.
Die unsichtbare Stille ruht in weichen, unbefleckten
Kissen,
und selbst die Kälte hat noch einen zagen Wohlgeruch.
Sonst spricht nichts mehr
von Wiederkehr.

In solcher Nebelnacht ist man sich selbst ganz ferne,
man denkt an Frauen wie an weitentrückte Sterne,
und wünscht nichts mehr.
Das Herz allein mit seinem uferlosen Sehnsuchtsmut
weiß man in dieser tiefen Einsamkeit in guter Hut,
ein Boot im Meer.
Wohin, woher?

Otto Tetjus Tügel

Aus dem Worpsweder Tagebuch

Ich will Herbst haben.
Ich will mich im Winter bedecken und will mit keiner
Farbe mich verraten. Ich will einschneien
um eines kommenden Frühlings willen, damit, was
in mir keimt, nicht zu früh aus den
Furchen steige.

Rainer Maria Rilke

Sunner-Klaus

Sunner-Klaus, de gode Mann,
kloppt an alle Dören an,
lüttje Kinner bringt he wat,
grote Kinner steckt he in'n Sack
halli, halli, hallo,
so geiht't na Bremen to.

Ick bün so'n lüttjen König,
geeft mi nich so wenig,
laat't mi nich so langen stahn,
denn ick mutt noch wietergahn,
halli, halli, hallo,
so geiht't na Bremen to.

Mien Vadder is Zigarrenmaker,
mien Mudder kaut Tabak,
und wenn ji dat nich glöben wüllt,
denn steek ick jo in'n Sack,
halli, halli, hallo,
so geiht't na Bremen to.

Ick bün so'n lüttjen Schipperjung,
mutt suur mien Geld verdeen'n
mutt alle Daag int Water stahn
mit mine krummen Been,
halli, halli, hallo,
so geiht't na Bremen to.

Bremen is'n grote Stadt,
dar geevt se alltosamen wat;
De Appeln und de Beeren,
de könt wi good vertehren,
so geiht't in Bremen to.
halli, halli, hallo,
so geiht't na Bremen to.

Das Wachslicht

Was für eine Jahreszeit haben wir nun? Verschneite Wälder, Krähen, Schlittengeläut. Es ist immer noch Winter. Und wenn du es genauer wissen willst, so haben wir Dezember. Wir haben heute geradezu den vierundzwanzigsten Dezember.

Ich halte auf meiner Wanderung durch Schnee und Eis einen Augenblick an und überlege, ob ich weiter nach Norden tippeln oder lieber nach Osten abbiegen soll. Stade... Buxtehude... Hamburg... Ich stehe neben einer Buchenhecke, unten raschelt das rote Laub, oben stiebt der Schnee weg, die Nachmittagssonne hängt matt im Dunst des Himmels. Winterstille weit und breit. Hinter mir liegen, versunken, die Dächer von Oldenbrook, vor mir, rechter Hand am Wege, ein einzelner Hof. Wie ich so dastehe und im Ganzen ziemlich friedlich gesonnen bin, kommt ein Schlitten angefahren. Erst macht er ding ding... dong ding... dann ringel ringel... rongel ringel... und dann gleitet er mit all seiner Musik an mir vorbei.

Mojen! sage ich.

Der Bauer hebt die Peitsche und grüßt mich.

Er hat sich ein blaues Wolltuch um den Kopf gewikkelt, nur die Augen gucken heraus. Er antwortet auch etwas, aber ich verstehe es nicht. Jedenfalls hebt er die Peitsche und grüßt mich mit dampfendem Atem. Siehst du, ich befinde mich eigentlich in einem traurigen Zustand. Wo ist der Schlafsack mit der Wolle nach innen? Wo ist das Wasserkesselchen? Wo die Schnapsflasche? Ich habe alles miteinander aufgefressen. So kann es einem Wanderer ergehen. Außerdem ist mein Mantel kaputt. Meine Hosenbeine habe ich unten leider mit Bindfaden zusammengebunden, weil ich keine Strümpfe besitze, und mein Hut, diese verdammte Melone, nimmt sich auch nicht gerade festlich aus. Trotzdem werde ich gegrüßt! Soll einen das nicht freuen! Zu einer anderen Jahreszeit hätte ich dem Kerl vielleicht meine Kehrseite hingehalten. Aber heute freue ich mich über den Gruß des Kuhfladendirektors. Ich bin ein Mensch.

Übrigens liegt in dem Schlitten ein mächtiger Tannenbaum, der duftet nun an mir vorbei wie eine leibhaftige Weihnachtsstube. Ich weiß nicht, ob du schon einmal etwas Ähnliches erlebt hast, so eine friedliche Stunde im Gemüt und so einen Tannenbaum mit Harz und Schellengeklingel vor der Nase. Es duften allerlei Erinnerungen durch mich hindurch, langsam und lieblich. Aus Honigkuchen machten wir uns nicht viel, aber meine Mutter konnte wunderbare Spekulatius backen. Lieblich sage ich, nimm mir's nicht übel, wir schreiben gewissermaßen den vierundzwanzigsten Dezember dieses Jahres.

Ich gehe weiter und komme an den allein liegenden Hof rechter Hand. Kein Hund, keine Seele. Wollen mal anklopfen, denke ich und drücke die Haustür auf. In der dunklen Diele sehen mich zwei Kühe gleichgültig an, ein Schwein schmatzt im Verschlag, sonst nichts. Ich trete mit dem Absatz an einen Ständer, daß es knallt und sage laut: Guten Tag! Und nocheinmal:

Guten Tag! Da tut sich die Küchentür auf, ein dicker Kopf mit einer Nase und einer Brille darauf schiebt sich heraus.

Ich lüfte flott meine Melone: Haben Sie nicht ein bißchen Arbeit für mich, Meister, ein bißchen Holz zu hacken, ein bißchen Torf zu schleppen?

Der Kopf brummt: Dreh dich mal rum!

Ich tu's.

Jetzt hast du die Tür gerade vor dir. Raus!

Ein paar Pfennige, Meister, sage ich, daß ich für heute abend das Schlafgeld zusammenkriege!

Der Kopf wird rot, die Augen hinter der Brille kneifen sich zusammen.

Bist du noch nicht draußen, Mann!

Da ruft eine Stimme aus der Küche: Es ist doch Weihnachten, Gevert!

Eine nette Stimme, sage ich dir, so richtig geschaffen, einem Jakobsbruder übers Herz zu streicheln. Ich fange denn auch gleich wieder an: Nur daß ich für heute abend das Schlafgeld habe, Herr ... !

Halt's Maul, denkst du, ich merke nicht, wie du nach Schnaps stinkst, du Schwein!

Aber ich mache noch immer keine Anstalten, mich zurückzuziehen, ich horche nach hinten, ob die nette Stimme nicht noch einmal kommt, wie gesagt, ich bin so friedfertig, ich bin ordentlich ein bißchen düdelütt.

Da trampt der Bauer in Strümpfen auf mich zu, packt mich vor die Brust und will mich rausschmeißen.

Lassen Sie das nach, knurre ich, schlage seinen Arm weg und gehe, ohne mich weiter um ihn zu kümmern, zur Tür. Mit einem Male haut was über meinen Schädel, ich denke, der Türbalken bricht herunter, aber es ist nur ein Peitschenstiel. Und ehe ich mich's versehe, empfange ich einen Tritt in die Rippen und fliege auf die Straße.

Wie ich mich wieder beisammen habe, fühle ich, daß Blut an meinem Hals herunterläuft, mein linkes Ohr ist zerfetzt. Na, da ist denn der Friede und alles miteinander vorbei. Wir haben wenigstens elf Grad Kälte, und dann ein zerrissenes Ohr und dann auf der Landstraße, nein, vorbei!

Ich trotte blindlings weiter. Und außerdem, weißt du, wenn man voller Demut und Versöhnung an jemanden herantritt, und der pfeift einem mit dem Peitschenstiel übers Hirn, dann... dann... der Satan soll das Ganze holen! Ich reiße einen Streifen von meinem Hemd und binde ihn um mein Ohr, ich tanze wütend die Landstraße entlang und wickele mein Bein vor Schmerz um ein Bäumchen, mein linkes Gesicht schwillt an, und da fällt mir ein, daß man ihm das Haus überm Kopf anstecken müßte. Überm Kopf! Heute abend noch! Diesem Mondgesicht, diesem Fleischsack mit einer Brille auf!

Aber bis zum nächsten Dorf habe ich mir die Sache überlegt. Das Haus lieber nicht... wegen der netten Stimme, Gnade für das Haus, überlege ich mir. Aber die Scheune muß brennen, da gibt's gar keinen Widerspruch. Abgemacht! Du vertilgst mein Ohr, ich vertilge deine Scheune. Quitt.

Im Dorf erstehe ich mir ein paar Pfennige und für

ein paar Pfennige ein Wachslicht. Ein hübsches gelbes Wachslicht und eine Schachtel Streichhölzer.

Es leuchtet dir nicht ein, wie ich merke, wozu denn das Wachslicht nötig ist, hehe. Du verstehst nichts von dergleichen. Man kriecht also bei Dunkelheit in die Scheune, wischt ein Streichholz an, schmeißt's ins Stroh und rennt weg. Na, und am nächsten Morgen ist man geschnappt und kann sein Alibi nicht nachweisen... So macht man es wohl bei euch? Unsereins geht anders vor. Man wühlt ein Loch ins Stroh von oben nach unten, ordentlich tief, nicht wahr, und auf den Grund stellt man das Wachslicht. Da dringt kein Schimmer nach außen. Nur... es muß unter dem Wachslicht noch allerlei Stroh sein, verstehst du! Dann steckt man das Wachslicht an. Nach zwei Stunden, wenn man längst im Wirtshaus sitzt, tutet es, alles läuft auf die Straße. Uh ha, es brennt! Gevert Lankenau seine Scheune brennt! Man braucht es aber nicht gewesen zu sein, man hockt ja seit zwei Stunden im Wirtshaus, man kann sieben, acht Zeugen für sein Alibi an den Fingern herzählen. Begreifst du, wie angenehm das ist?

Wie ich meinen Hemdfetzen vom Ohr nehme, fängt es wieder an zu bluten, das linke Gesicht brennt wie die Hölle. Ich bin in einer schönen Stimmung. Eine Zeitlang liege ich zusammengerollt in einem Torfschuppen und lutsche getrocknete Zwetschen. Auf der anderen Seite der Straße, ich kann nämlich durch die geflochtene Wand hindurchlinsen, auf der anderen Seite brennen schon in einem Hause die Weihnachtskerzen, sie singen auch was, sie bewegen sich hinter der

Fensterscheibe hin und her und singen was. Es ist heiliger Abend.

Nein, von der Scheune kann ich nicht abgehen. Das Haus... meinethalben. Und uns ist heute der Heiland geboren. Aber die Scheune... reden wir weiter nicht darüber! Ich wollte, mein Ohr täte mir nicht so gottsverflucht weh!

Es wird Nacht. Gegen neun Uhr mache ich mich wieder an den Hof heran. Natürlich binde ich mir Stroh und Gestrüpp unter die Schuhe und schlurfe an der Hecke entlang, daß keine Fußspuren zu sehen sind. Nur ruhig Blut! Sie sitzen offenbar in der Küche. Die Küche geht nach hinten raus, dann kommt ein Garten mit Johannisbeeren und ein paar verschneiten Tannen, und dann ist da die Scheune erbaut. Wie gesagt: ruhig Blut! Ich denke: Was die wohl für Weihnachten feiern? Und da krieche ich auch schon durch die Tannen ans Küchenfenster heran.

Das Wachslicht habe ich in der linken Hand und die Hand in der Hosentasche. Ich kniee mich nieder und spekuliere durch die untere Fensterecke in die Küche. Friede auf Erden kann ich dir sagen! Was das heißt? Das heißt weiter nichts als Friede auf Erden. Er geht unter der Petroleumlampe auf und ab, sie sitzt auf einem Haufen Torf und heult. Sie, das ist die mit der netten Stimme von heute nachmittag. Nun sitzt sie da und heult. Und in der Ecke am Herde hält sich noch so ein kleines Ding auf, am ganzen Leibe bibbernd, das Melkmädchen wohl. Wie ich noch so gucke, will die Frau aufstehen. Aber das geht nicht gleich, sie muß es zweimal versuchen, und dann lehnt sie sich an die

Wand und heult weiter. Es sieht recht erbärmlich aus... hm... sie ist ja wohl in der Hoffnung.

O mein Gott, Gevert, sag das nicht, sag das nicht! heult sie. Ihre Stimme dringt nur gedämpft durch die Scheiben.

Sag das nicht, äfft er ihr nach und bleibt stehen, die Hände in den Hosentaschen, die Kniee vorgedrückt, sag das nicht! Ich schmeiße es an die Wand, wenn's kommt! Ich selbst! Geh doch hin zu deinem Hinrich! Ach laß doch, meinst du, ich wüßte nicht, von wem du's hast! Geh doch hin, wo du hingehörst! Ich? Ich bin dir ja nicht mehr gut genug, ich habe ja einen Bauch, was? Aber der Hinrich mit seiner Polle, mit seinen Gamaschen, was? Du... du Luder!

Er rückt auf sie zu, hält aber wieder inne und greift lieber, sich umdrehend, nach seiner Mütze. Dann wuchtet er auf die Diele hinaus. Ich höre, wie vorn die Haustür aufkracht, zwei Holzschuhe lärmen klapp klipp klapp, dann schlurfen sie durch den Schnee dem Dorfe zu.

Die Frau steht noch immer an der Wand. Sie hat gelbes Haar, die eine Hand hält sie vors Gesicht gedrückt und weint durch die Finger, die andere hängt so hoffnungslos herunter, ihr Körper ist ein bißchen zusammengesackt. Ich kann mir nicht helfen, aber sie sieht so unschuldig aus. Friede auf Erden.

Ich kniee im Schnee, das Licht fließt trübe über mich hin, hinter mir schweigt die große Winternacht. In meiner Hosentasche steckt das Wachslicht, mein Daumennagel hat eine Rille hineingekratzt.

Jetzt bitte ich dich, was geht mich denn das alles an,

was ich da sehe? Das mögen doch die Beiden miteinander ausmachen. Schwillt davon mein Gesicht ab? Vergesse ich davon den Peitschenhieb und den Tritt? Als ein anständiger Kerl, als ein Mann von Ehre und Wort habe ich mich in die Scheune zu schleichen, das Wachslicht aufzustellen und die Sache ihren Verlauf nehmen lassen. Basta!

Was tu ich aber, uh gutteguttegutt, was tu ich statt dessen! Nicht wahr, ich habe doch das Wachslicht in der Tasche, die haben doch vorhin geleuchtet und gesungen in dem Haus gegenüber, versteh mich recht, es sind doch auch einige Sterne am Himmel, und... und die Frau, die trägt nun ein Kind unter dem Herzen, wie man so sagt, bei uns zu Hause sagt man jedenfalls manchmal so, das ist ja schließlich keine kleine Sache, so ein Kind, alles zugegeben, aber als ein Mann von Ehre und Wort... Na, ich krabbele also zu einem der Tannenbäume hin, die da im Garten wachsen und bohre mein Wachslicht in den Schnee, der auf einem Zweige liegt. Es bleibt da stehen, und ich zünde es an. Ein kleiner Schein schimmert umher, der Schnee glitzert, die Nacht erhellt sich so freundlich.

Und dann rolle ich mich hinter die Hecke, setze mich auf und fange an zu pfeifen. Das läßt sich nicht so einfach betreiben, denn ich kann vor lauter Verschwollenheit den Mund nicht anspitzen. Aber schließlich kriege ich doch so eine Art von Melodie zustande. Am Weihnachtsbaume die Lichter brennen, heißt es ja wohl. Ein Hanjökel ohnegleichen, wenn man es als vernünftiger Mensch betrachtet.

Kaum habe ich ein paar Töne geblasen, da machen

sie auch schon das Küchenfenster auf, die Frau und das Melkmädchen. Sie wundern sich wohl verdammt. Und Gott mag wissen, ob die Frau nicht an ihren Hinrich denkt. Aber ich pfeife immer weiter. Die Frau setzt sich auf einen Stuhl und singt leise mit, das Melkmädchen auch. Wir drei. Der Gesang schwingt sich nun empor. Sie atmen und singen. Zwei Engel sind hereingetreten... Und all solchen Unsinn. Es ist beinah wie bei der Heilsarmee.

Unterdessen muß ich immerzu das Wachslicht ansehen und denken, wie zwecklos es da wegtropft. Wie vollständig zwecklos! Was für eine feine Sache hätte daraus entstehen können... aus diesem gelben Wachslicht!

Wie ich mir das so richtig vor Augen halte, kommen mir fast die Tränen, ich könnte mir die Nase abdrehen, ich könnte... aber ich bin schon den ganzen Tag nicht normal gewesen, wir schreiben den vierundzwanzigsten Dezember, wir haben an die elf Grad Kälte. So ist es.

Manfred Hausmann

Spinnstubenzeit im Teufelsmoor

Versetzen wir uns im Geist in eine Spinnstube der „guten, alten Zeit“ zurück. – – Es ist in den letzten Wochen vor Weihnachten – nachmittags ein Uhr. Die Tochter vom Hause hat die Stube reinlich gefegt und weißen Sand auf die Dielen des Fußbodens gestreut, denn: „dat Köppel kummt von abend hier“. – Jetzt sitzt sie mit ihrer Spinnarbeit ungeduldig am Fenster und erwartet ihre Gesellschafterinnen, „de Spinnerßen“. Und richtig! da biegen auch schon einige rosenwangige Nachbarsmädchen, die Spinnräder unter dem Arme, durch das Gebüsch hinter dem Hause. Die Haustochter am Fenster klopft grüßend gegen die Scheiben und nickt, und fröhlich wird der Gruß von den ankommenden Mädchen erwidert. Jetzt treten die Mädchen ein; das Spinnrad der Tochter vom Hause steht einen Augenblick still, denn in aller Geschwindigkeit müssen doch erst die brühwärmsten Neuigkeiten ausgetauscht werden. Dann setzen alle sich hin und bald hört man nur noch das Surren der Räder. – Da pocht es an der Stubentür und herein treten zwei – drei – vier Nachbarsmädchen „von der andern Seite“. Wieder erfolgt ein allgemeiner Austausch von Neuigkeiten, und dann rücken alle dicht an die Fenster und spinnen eifrig darauf los; denn am Nachmittage müssen sie’s wahrnehmen, wer weiß, ob am Abend, wenn „de Jungens“ erst da sind, noch viel daraus wird: und die meisten Mädchen müssen doch „ihr Stück“ liefern! – Um Leben in das Einerlei zu bringen, beginnt eins der Mädchen still ein Lied vor sich hin zu summen, und im Nu singen alle stimmbegabten andern Mädchen mit. Sind sie nun erst einmal im Zuge, dann entströmt Lied auf Lied den Kehlen der Spinnerinnen – den ganzen Nachmittag, – – daß es hell bis zur entlegenen Straße schallt: die vorübergehenden „Jungens" müssen doch auch ja hören, „dat hier von abend wat los is".

Einige Mädchen haben schon zu verschiedenen Malen durch das Fenster gesehen und angelegentlich den Dorfweg beobachtet. Jetzt springen ein paar von ihren Spinnrädern auf und eilen hinaus ins Freie; denn eben gehen einige „Jungens" vorbei, denen sie sich doch bemerklich machen müssen, damit sie für den Abend kommen. – „Süh!" sagt das eine Mädchen zum andern, „dar 's Dien ol' Jung ok mit bi; de will jüm von abend wol all' mitbrengen." – „Och, Deern, gah hen!" erwidert das andere Mädchen und eilt errötend ins Haus zurück. Aber damit ist sie nicht geborgen; die Gefährtin folgt ihr rasch und das erste, was sie den in der Stube zurückgebliebenen Spinnerinnen zuruft, ist, „dat Marie'n ehr ol' Jung dar eben ok hengahn is". – Nun geht die Neckerei los. Man überbietet sich darin, denn es beruht immer auf Gegenseitigkeit, – und jedes Mädchen läßt sich so liebend gern necken! Unter Scherzen und Lachen sagt man sich die „pikantesten" Sachen ins Gesicht.

Unterdessen ist die Dämmerung angebrochen und die Spinnräder werden bei Seite gestellt. Ein gemütliches Plauderstündchen folgt, die sogenannte „Sniederfier". – „Worhen wullt Du Wiehnachen nah d'r

Danzmusik?“ fragt irgend ein Mädchen ein anderes und damit ist ein höchst interessanter Gesprächsstoff angebahnt. Natürlich will nun ein Mädchen nach diesem Lokale, das andere nach jenem. – „Och!“ wird eines besonders angeredet, „Du wullt dar man blot hen, dat he dar kummt!“ – „Wat wullt Du denn anhebb'n in Wiehnachen?“ und damit ist ein neuer, sehr reicher Gedankenaustausch eröffnet. Welches junge Mädchen spräche denn auch nicht gern von Kleidung und Putz? Da will eines nun dieses Kleid „anhaben“, das andere jenes und ein drittes und viertes bekommt zum Feste wohl gar noch ein neues!

„Wat hett Lena för'n Brögam upstünd?“ fragt Meta plötzlich die Marie. – „Och!“ heißt es wegwerfend, „de hett gar keenen.“ – „Wanneer hett de denn ok wol all eenen hatt?“ wirft Anna naseweis dazwischen und Trina setzt voll Spott hinzu: „De kummt jo gar nich mal to danzen; dar will keener mit los!“ – „Un wenn'r ok mal eener mit danzt“, nimmt Ahleid das Wort, „nah Hus brengen deiht ehr doch nümms!“ – „Se hett nix!“ dahin kommen bald alle Mädchen überein, nämlich keinen Freier. – Jedes rühmt sich nun, daß „der“ und „der“ dann und dann so viel mit ihr getanzt habe. „He leet keenen Danz awergahn mit mi!“ Durch die Blume gibt jedes Mädchen auch gern zu verstehen, daß es von „dem“ und „dem“ schon öfter nach Hause begleitet worden ist. – Ein Mädchen, das wenig zum Tanzen gelangt und nur selten oder gar nicht von „de Jungens“ heimgeleitet wird, steht auch nur in geringem Ansehen. – Ländlich, sittlich!

„Wenn Klaus Hinnerk un Georg von abend ok man

kömen!“ seufzt eine der jungen Spinnerinnen sehnsüchtig, und eifrig stimmen ihr alle bei. – „Klaus Hinnerk de kann so groff (d. i. tief) „singen!“ – „Un Georg, och, wat kann d’ ol’ Jung ok snacken!“ – Wer in der Spinnstube gut „snacken“ kann, ist gerne gesehen. „Gut Snacken!“ damit ist aber nicht immer ein drolliges, witziges Erzählen gemeint, bei dem die Versammlung vor Lachen bersten will, sondern häufig versteht man darunter auch ein zweideutiges Geschwätz, das nicht minder gern gehört wird.

Heinrich Schriefer

Wie der Große Wagen an den Sternenhimmel gekommen ist

Vor vielen Jahren – es ist länger her, als man sagen kann – hat in einem Dorfe bei Worpswede einmal ein junger Schmiedegesell bei einem Meister gearbeitet, so jugendfrisch und hübsch vom Angesicht, dabei so freundlich und gefällig, daß ihn jedermann liebgewonnen hat. Er hat aber eine heimliche Unruhe im Blute gehabt und es an keinem Orte lange ausgehalten, bittet darum eines Tages den Meister: „Es ist kein Mädchen im Dorfe, das um mich weinen wird, gebt mir meinen Lohn und laßt mich ziehen." Das hat der Meister nicht gern gehört, hat er doch nie einen fleißigeren Gesellen gehabt. Er schüttelt darum den Kopf und sagt: „Es ist Winter, und draußen fallen die Flocken. Warte, bis es Frühling wird!" Der Gesell aber hat nur gelacht und gesagt: „Was schadet's? Ein Winter, vor dem ich mich ins Haus verkröche, soll noch erst kommen!" – „Nun," antwortete ihm der Meister, „wem nicht zu raten ist, dem ist auch nicht zu helfen. Ehe du aber Abschied nimmst, tu mir noch einen Gefallen. Die Knechte des Grafen haben einen der Ackerwagen zerbrochen und können ihn nicht zur Schmiede herunterbringen, und ich bin alt und die Straße ist glatt."

„Gut," sagt der Gesell, „es brennt mir nicht unter den Sohlen," nimmt sein Werkzeug und geht hinauf zum Schloß.

Als er dort bei der Arbeit ist, kommt die Tochter des Grafen über den Hof und sieht ihm zu, und nun er einen neuen Reifen um eins der Räder gelegt hat und es wieder auf die Achse schieben will, stemmt er sich mit der Schulter darunter und bringt das Rad so wieder an seinen Platz.

Da sagt die Tochter des Grafen: „Bist du so stark, Hans?"

„Ach," antwortete er, „was nützt meine Stärke, bin ich doch nur ein armer Schmiedegesell und du eines Grafen Tochter."

„Ja," antwortete sie da, „aber einer wie du ist reicher als ich. Steht dir nicht die ganze Welt offen? Ich aber komme kaum ins Dorf, und es ist schon viel, wenn ich einmal um das Schloß gehen darf."

„Ach," lacht der Hans, „hast du nicht zwei gesunde Füße, darauf zu gehen? Auch habe ich nie gehört, daß die Welt mit Brettern zugenagelt wäre. Meine Zeit hier ist herum, und morgen wandere ich in die Welt hinaus. Wenn du willst und dich nicht vor dem Winter fürchtest – anderwärts wird auch Brot gebacken."

Da besinnt sich das Mädchen nicht lange und sagt: „Komm heute abend, wenn alles hier im Schlosse schläft, und nimm mich mit dir in die Welt hinaus. Paß aber auf, daß dich niemand sieht, sonst könnte es uns beiden schlimm ergehen."

„Daran soll es nicht fehlen," antwortet der Hans, und ist so glücklich, daß er nach Hause mehr springt als geht.

Am Abend kann er kaum die Zeit erwarten, läßt sich seinen Lohn geben und will nach dem Nachtessen davon. Besser ist besser, denkt er, und was du tun willst, das tue bald.

„Wie?" fragte die Meisterin. „Jetzt bei Nacht und Nebel aus dem Hause? Das wäre mir gerade das Rechte."

„Es muß heute nun mal darum sein," antwortet der Hans, „ich versäume sonst mein Glück!", hat aber kaum nach der Mütze gegriffen und Meister und Meisterin Lebewohl gewünscht, kommt die Nachbarin gelaufen, hält ihn am Ärmel und sagt: „Feierabend hin, Feierabend her, auch ein eiserner Kessel hält nicht ewig. Das Feuer hat ein Loch hineingebrannt, und die Suppe leckt mir in die Glut. Soll mein Mann heute abend hungrig ins Bett?"

Da besinnt sich der Hans nicht lange, beginnt wieder den Blasebalg zu ziehen, flickt den Kessel und will von neuem davon, hat aber kaum die Tür hinter sich geschlossen und will die Straße hinunter, kommt ihm ein Fuhrmann entgegen, dem haben die Pferde die Deichsel zerbrochen. „Nagle mir eine Lasche daran," sagt er, „so hält die Deichsel wohl bis morgen. Ich komme sonst nicht nach Hause!"

„Was sein muß, muß sein, und Pferd und Fuhrmann wollen ihre Ruhe haben!" sagt der Hans, kehrt abermals in die Schmiede zurück, flickt die Deichsel wieder zusammen und will nun mit einem Sprung davon, da tritt von der Straße ein kleines, buckliges Männlein in die Tür, das hat einen dreispitzigen Hut auf dem Kopfe und silberne Knöpfe an seinem Rock und murmelt immerfort: „Ach du liebe Zeit, ach du liebe Zeit! und ich hab's doch so eilig!"

„O," denkt der Hans, „es gibt noch mehr Leute, die es eilig haben!" mag ihm aber nicht die Tür vor der Nase zumachen und fragt: „Was habt Ihr denn für Kummer?" Im Hinausblicken sieht er aber eine Kutsche vor der Schmiede halten, wie er in seinem ganzen Leben noch keine gesehen hat. Drei Pferde sind davorgespannt, eins hinter dem anderen und so schimmernd weiß wie der neugefallene Schnee.

„Komm und hilf mir!" sagt das Männlein. „Die Straße ist glatt wie ein Spiegel, meine Pferde aber haben keine Stollen unter ihren Eisen und rutschen bei jedem Schritt, und ich habe noch einen weiten Weg über Nacht."

Denkt der Hans: „Die armen Pferde! Helfe ich ihnen nicht, so bricht noch eines von ihnen ein Bein!", tritt in die Schmiede zurück und macht sich wieder an die Arbeit.

„Es sind schöne Pferde, die Ihr da vor Eurem Wagen habt!" sagt er, als er ihnen die Stollen unter die Eisen schraubt. „Ihre Augen funkeln wie Sterne, und der Atem geht wie Dampf aus ihren Nüstern. Woher habt Ihr sie?"

„Es sind Wolkenpferde!" sagt das Männlein mürrisch. „Aber frag' nicht weiter und sag' mir lieber, was ich für deine Mühe zahlen soll?"

„Laßt Euer Geld nur stecken!" sagt der Hans. „Ich habe heute abend meinen Lohn gekriegt, da kommt's mir nicht auf einen Groschen an!" nimmt's von dem Seinen und wirft's dem Meister in die Kasse. „Tut mir dafür aber die Liebe und nehmt mich bis zum Schlosse in Eurem Wagen mit. Ich will mit des Grafen Tochter in die Welt hinaus, und sie steht schon die halbe Nacht in Schnee und Kälte und wartet auf mich!"

„Wenn's weiter nichts ist!" sagt das Männlein und läßt den Hans in die Kutsche steigen.

Da sitzt er nun wie ein König, lehnt in Polstern, so weich wie seiner Mutter Arm und so blau wie eine Sommernacht, und die silbernen Beschläge an Türen und Fenstern blitzen wie Sterne. Das Männlein aber klettert einem der Pferde auf den Rücken, und hui! sausen sie mit der Kutsche davon, und ehe sich's der Hans auch nur versieht, steht der Wagen auch schon vor dem Tor zum Schlosse des Grafen.

„So!" sagt das Männlein, „das war für die Stollen des ersten Pferdes. Sag', was ich weiter für dich tun soll, du hast noch die übrigen Stollen gut!"

Aber der Hans hört kaum noch, was das Männlein sagt, springt aus dem Wagen, zieht die Tochter des Grafen aus dem Dunkel und ruft dem Männlein zu: „Du weißt, was ich vorhabe, und wenn du mir noch eine Bitte erfüllen willst –"

„Sag', was es sein soll!" drängt das Männlein.

„Von den Stollen wollen wir nicht weiter reden, aber fahrt uns noch ein Stück um Gotteslohn!" bittet Hans. „Ihr seht, wie es schneit!"

„Wohin soll es gehen?" fragt das Männlein ungeduldig.

„Ach, fragt nicht lange und fahrt uns, wohin Ihr wollt, wenn es nur weit genug ist!" sagt der Hans und hebt seine Liebste in die Kutsche.

Die weiß nicht, ob sie wacht oder träumt, und hui! brausen die Pferde abermals mit der Kutsche davon, diesmal aber so, daß Wälder und Felder nur so vorüberfliegen, als hätten die Pferde Flügel, und nach einer Weile geht es auch wirklich in die Luft hinauf, immer höher und höher, über Städte und Kirchen hinweg, dann so hoch wie die Wolken und zuletzt so hoch wie die Sterne. Und die beiden in ihrer Kutsche wissen kaum, wie es ihnen geschieht, und sitzen beieinander und halten sich an den Händen und sind ganz stumm in ihrem Glück und wünschen nur, daß es ewig dauern möge, so zu fahren.

Und nach ihrem Wunsche ist es ihnen geschehen: noch immer fährt der Wagen mit ihnen um die Welt, und jede Nacht können die Menschen die silbernen Naben an seinen Rädern blinken sehen, und vor dem Wagen auch die drei Pferde, die die Kutsche ziehen, und vor ihr auf dem zweiten Pferde reitet noch immer das bucklige Männlein. Blickt abends nur einmal hinauf, dicht über dem zweiten der Sterne ist es zu sehen. Die Sterngucker haben es darum auch das Reiterchen genannt.

Wilhelm Scharrelmann

Till und das Grammophon

Donnerslag, lauf' nicht immer in Socken vors Haus, Junge", sagte seine Mutter, „wie oft soll ich dir das noch sagen!" Das „Donnerslag" hatte sie vom Vater, es war sein Lieblingswort; alle Leute im Moor sagten es.

Till kam ins Haus. Aber da war er schon wieder im Wege. „Nicht mal Heiligabend kann ich in aller Ruhe sauber machen", sagte seine Mutter.

Nein, nichts durfte er, weder in Socken auf dem Eis vorm Hause dahingehen, noch in die Stube gucken. Dort lag ein Paket, das Vater am Abend zuvor vom Kaufmann Schulken aus dem Dorf mitgebracht hatte.

Ach, es war zu langweilig und nicht auszuhalten an diesem Heiligabendmorgen, Mutter schrubbte im Haus, Vater war in der Werkstatt. Er hätte noch was Wichtiges vor, hatte er gesagt, „nichts für dich, Till."

Till hätte zu Nachbars Dirk gehen können. Aber mit dem hatte er sich verzankt. „Immer mit deiner Mundharmonika", hatte der am Abend zuvor gesagt, als Till gekommen war, „wenn du wenigstens spielen könntest!"

„Kannst du denn spielen?" hatte Till gefragt und sich umgewandt und war pfeifend davongegangen, immer am Schiffgraben entlang, und ohne sich noch einmal umzusehen.

Sollte Dirk mit sonstwem seine Tage verbringen, nur mit Till nicht. Im Herbst waren sie von Hof zu Hof gezogen und hatten Musik gemacht, wenn auch nicht immer zur Freude der Höfler, Dirk aber hatte die Mundharmonika wunderbar gefunden. „Nun laß mich mal blasen", hatte er damals gesagt.

Till fuhr in seine Holzpantinen. „Wo willst du denn hin?" fragte seine Mutter. „Fort!" sagte er, und es klang so, als wollte er hinaus in die Welt ziehen und das Haus seiner Eltern und das Moor sein lassen.

Aber als er an Vaters Werkstatt vorbeikam, klopfte er doch an die Tür und sagte, da nicht aufgemacht wurde: „Du, Vadder, ich geh ins Dorf, zu Onkel Goldyga."

„Geh man", sagte drinnen der Vater, „sieh zu, wo das Christkind dich beschert." Er hatte so eine Art, Tills Vater.

Till dachte nicht darüber nach, er ging über den Steg, und seine Holzpantinen klapperten, er schlurfte dann am Schiffgraben dahin. Es lag ein wenig Schnee über dem Moor da und dort, aber der Torf leuchtete schwarz hindurch. So war es auch letztes Weihnachten gewesen: es war ein warmer Wind von der See gekommen, und der Schnee war geschmolzen, und nichts war geblieben als Nebel und Feuchtigkeit.

Till ging quer über Warnkens Torfstich, an Markus' Koppelzaun vorbei, dann kam er ins Dorf. Kaufmann Schulken stand vor seinem Laden.

„Willst du einkaufen, Till?" fragte er, „hat Vater was vergessen?", und er zwinkerte herüber.

„Nein", sagte Till gewichtig, „ich geh zu Onkel Goldyga."

„Wenn der man Zeit hat", sagte Kaufmann Schulken, „komm dann noch mal vor, hörst du?"

Till nickte und ging den Hügel hoch.

Onkel Goldyga hatte sein Haus am Hang des Berges. Sie waren gute Freunde, er und Till. Onkel Goldyga kam sommers ins Moor und stellte seine Staffelei am Schiffgraben auf und begann zu malen, und Till stand dabei und sah zu. „Eine Birke", sagte er manchmal, „aber die Brücke ist anders."

„Till, davon verstehst du nichts", sagte dann Onkel Goldyga.

Nein, aber Till verstand etwas von Tante Goldygas Waffeln, das war schon eher etwas.

So, nun lag das Haus vor ihm. Till ging unter den Kiefern dahin. Hier lag mehr Schnee. Till ging hinten-'rein. „Tag, Tante Goldyga", sagte er, „hast du Waffeln?"

Tante Goldyga verstand Plattdeutsch, und Till konnte sich so mit ihr unterhalten, wie daheim gesprochen wurde.

„Komm mal 'rein", sagte sie, „siehst ja ganz verfroren aus!"

Sie hatte Waffeln und heiße Milch, und Till mußte sich an den Tisch setzen und tüchtig zulangen. „Iß, Junge", sagte sie, „heute ist Heiligabend, eine Ausnahme."

Aber das sagte sie nur so, Till bekam immer etwas, Kuchen oder ein Honigbrot.

„So", sagte Till und wischte sich den Mund ab, „und Onkel Goldyga, wo ist der?"

„Drüben, geh mal 'rüber."

Till klopfte an die Malstube, Onkel Goldyga war dabei, ein Bild zu firnissen. Ja, so viel verstand Till schon von der Kunst, sein Vater malte manchmal auch.

„Na?“ sagte Onkel Goldyga, „auch wieder mal im Lande?“

Sie gaben sich die Hände. „Ja, sie wollten mich zu Hause nicht mehr haben“, kam es von Till.

„Nein, so was!“ sagte Onkel Goldyga. Er konnte manchmal wie ein Junge sein, nur nicht so dämlich wie Nachbars Dirk. „Setz dich mal auf die Kiste dort.“

Aber Till hielt es nicht lange aus, er stand auf und stöberte in den Ecken herum. „Was ist denn das?“ fragte er nach einer Weile.

„Was? Ach so: ein Grammophon.“

„Wozu ist denn das?“

„Hast du noch nie ein Grammophon gesehen?“

Till schüttelte den Kopf.

Onkel Goldyga ließ das Firnissen sein, er holte den Kasten aus der Ecke und wischte den Staub ab, er setzte eine Kurbel an und drehte sie.

„So“, sagte er, als er eine Platte aufgelegt hatte, „nun paß mal auf.“

Und die Platte drehte sich, die Nadel kreischte ein wenig, aber Till hatte auf einmal große Augen. „Donnerslag!“ sagte er.

Es war Wagners Pilgerchor.

„Laß mal sehen“, sagte Till, als die Platte abgelaufen war und er untersuchte den Kasten. Onkel Goldyga zeigte ihn, wie man es machen mußte, damit Musik hervorkäme.

Nun konnte Till selbst Wagners Pilgerchor spielen. Eine wunderbare Sache, so ein Grammophon. Er ließ die Platte an die zehnmal ablaufen, bis Onkel Goldyga, der wieder bei seinem Bilde war, sich umwandte und sagte: „Nun spiel mal etwas anderes!"

Es war ein ganzer Stapel Platten da. Till spielte eine um die andere. Er sagte kein einziges Wort. Er drehte das Grammophon auf und hockte daneben auf dem Fußboden und sah zu, wie die Nadel über die Platte holperte, und hörte Musik.

Tante Goldyga erschien, und Till mußte mit zum Essen kommen, aber als er noch bis zum Kaffee bleiben sollte, fielen ihm Vaters Worte ein. Nein, er wollte zu Hause sein, wenn das Christkind kam. Schon wegen des Pakets in der Stube.

„So, da willst du schon wieder weg?" sagte Onkel Goldyga, „ein kurzer Besuch. Aber wart' mal, ich habe noch 'was für dich."

„Das Grammophon?" stieß Till hervor und hatte große Augen, als er Onkel Goldyga ansah.

„Was", sagte der, „willst du's haben?"

Till nickte. Er brachte kein Wort heraus, er hatte nur große Augen.

„Wir brauchen es ja sowieso nicht mehr", meinte Tante Goldyga. „Es ist so alt."

„Meinetwegen", sagte Onkel Goldyga.

Till holte es. Es war nicht leicht für ihn, er konnte es gerade tragen. „Und die Platten?" fragte Onkel Goldyga.

Tante Goldyga holte einen kleinen Rucksack, und sie packten Platten und den Kasten hinein, und Till nahm ihn auf seinen Rücken. „Kannst du das denn wirklich tragen?"

„Jo“, sagte Till plattdeutsch.

„Wenn die Platten man nicht kaputtgehen!“ meinte Onkel Goldyga.

Till wollte schon gehen, da rief ihn Tante Goldyga zurück. „Hier“, sagte sie, „aber erst heute abend aufmachen.“

Nun auch noch ein Paket, es war schon eine schwere Last für einen so kleinen Jungen. Er machte bei Kaufmann Schulken halt. „Was trägst du denn da?“ fragten die Leute im Laden. Aber er verriet nichts, kein Wort, ein Geheimnis, deutete er an.

Er bekam noch eine Tüte Bonbons, dann zog er los, ins Moor hinein. Es war schon dämmerig, aber nicht feucht, sondern kalt; Tills Atem wurde zur Dampfwolke. Und dann begann es zu schneien, dicke Flokken wirbelten Till ins Gesicht. Er machte halt, verschnaufte ein wenig, aber Vaters Worte klangen ihm im Ohr, und dann fürchtete er, beim Dunkelwerden den Weg zu verfehlen. Die schwarzen Torfstellen waren verschwunden, weiß lag das Moor, und ein Pünktchen wanderte darüber hin: Till mit seinem Grammophon im Rucksack.

Zu Hause hatten sie schon die Petroleumlampe angezündet, und Till sah, als er näher kam, daß schwarzer Rauch aus dem Schornstein stieg.

„Junge, wo bleibst du denn?“ fragte seine Mutter, als er schneeüberzogen in der Stube erschien. „Und was hast du denn da?“

„Oho“, machte Till, setzte den Rucksack ab und packte den Kasten und die Platten und auch das Paket und die Tüte Bonbons aus.

„Ach, eine Hutschachtel“, sagte sein Vater. So war er.

Aber bitte, Till zauberte Musik aus dem Kasten in die Moorkate, Wagners Pilgerchor.

„Ist das alles?“ fragte sein Vater.

Nun war aber Till gekränkt, nein, er wollte kein einziges Stück mehr spielen.

Aber als Vater lächelte, wußte er, wie es gemeint war; der Vater hatte so eine Art von gutmütigem Spott.

Das war schon ein Weihnachtsfest! Draußen schneite es, in der Stube war der Ofen angemacht worden, es roch nach Torf, und da stand es: ein kleiner Handwagen, von Vater gezimmert, für Till, und dann noch ein Paar Socken von Mutter, Schulkens Bonbontüte, Nüsse und Schokolade, ein Schal von Tante Goldyga, selbst gehäkelt, und schließlich gab es Kartoffelsalat und Eier aus der Pfanne und ostfriesischen Tee, und Till durfte sogar einen Schluck Rum in seine Tasse gießen. „Damit er es rechtzeitig lernt“, sagte sein Vater.

„Na, freust du dich denn?“ fragte Mutter.

„Er hat's ja immer mit dem Grammophon“, sagte sein Vater, „nun zum fünfzehnten Male Wagners Pilgerchor ...“

„Nee, das war eben' Ich will dich kleiden in Seide ...“

„Was?“ fragte die Mutter.

„Ja, lies doch selbst ...“ sagte Till.

„Seit wann kannst du denn lesen?“

„Heut gelernt“, sagte Till.

Mutter las. „Die letzte Rose.“

„Hahaha“, machte Vater und grinste.

Am andern Morgen kreischte in aller Frühe die Nadel.

„Ach, ich will dich kleiden in Seide . . .“, sagte der Vater und lachte in seinem Bett.

„Nee“, sagte Till, „das ist Wangers Pilgerchor.“

„Wagner heißt das“, sagte die Mutter aus ihrem Bett.

„Du“, meinte Till, als sie gefrühstückt hatten, „ich weiß, für was der Wagen gut ist . . .“

„. . . . zum Kartoffelholen“, sagte sein Vater.

„Nein, für mein Grammophon.“

„Auf was für Einfälle du kommst“, sagte die Mutter.

Aber Till packte den Grammophonkasten und die Platten auf den Wagen und zog ihn zu Nachbars Dirk hinüber.

Er sagte kein Wort, als Dirk in der Tür erschien. Er begann, Musik aus dem Kasten zu zaubern, und Dirk vergaß, den Mund wieder zuzumachen. Er sah sich das Grammophon an.

„Komm“, sagte Till, „jetzt machen wir Musik auf den Höfen.“

Sie zogen davon, Till voran, Dirk schob hinten. „Was ist gefällig?“ fragte Till, wie er es von Kaufmann Schulken gehört hatte, „Wagners Pilgerchor“ oder „Ich will dich kleiden in Seide?“

„Wat?“ fragten die Bauern, und sie kamen alle auf die Diele heraus, die Frau, die Knechte und Mägde, und die Kinder nicht zu vergessen. So standen sie und lauschten auf die Klänge, die aus Tills Wunderkasten kamen, und sperrten die Münder auf.

„Komm bald mal wieder, Till“, sagten sie, als er weiterzog, von Hof zu Hof.

„Sieh, Vadder“, sagte er am Abend, „das viele Geld.“

„Und den schönen Braten haben wir allein aufessen müssen“, sagte die Mutter und lächelte und ging zum Herd

„Gib mal das Geld her“, sagte Tills Vater, wie es so seine Art war, und er grinste unter seiner Nickelbrille, „und man immer so weiter, nicht müßig sein; wenn du eine Menge zusammenhast, kaufen wir einen Radioapparat.“

„Meinst du?“ fragte Till, aber dann machte er sich über den Braten her, den die Mutter ihm auf den Tisch gebracht hatte.

Theodor Heinz Köhler

Weihnachten

Wenn mein Vater am 13. Oktober, seinem Geburtstag, morgens durch die Küchentür in die Klasse trat, riefen die Moorkinder im Chor: „Hoch soll er leben, dreimal hoch!“ Stuhl und Pult waren mit einem Kranz aus Tannengrün und Winterastern umflochten. Der Zeigestock, der seinen festen Platz hinter dem Kachelofen hatte, war mit einem zierlichen Blumengebinde geschmückt.

Vaters Geburtstag war ein Wendetag: Die Ernte war eingebracht, die Kartoffelferien waren zu Ende, die stillere Zeit des Jahres begann. 1954 sangen die Moorkinder zum letztenmal: „Hoch soll er leben!“ Dann wurde die einklassige Volksschule Basbeck am Moor, die über hundert Jahre bestanden hatte, plötzlich wegen zu geringer Kinderzahl aufgelöst. Zuletzt hatten noch acht Kinder die Moorschule besucht; davon waren drei Lehrerskinder, meine beiden Schwestern und ich. An Lehrmitteln besaß mein Vater außer Stock und Tafel hauptsächlich dreierlei: eine Landkarte des Erzbistums Bremen und Verden aus dem Jahre 1866, eine selbstgemalte Karte von Basbeck und Umgebung, und einen uralten Globus mit allerhand gelben Flecken, die „unerforschtes Gebiet“ bedeuten sollten.

Eine große Rolle spielte im Unterricht die Religion, ein Fach, in dem es wesentlich ums Nacherzählen und Auswendiglernen ging. In der Vorweihnachtszeit überwucherte die religiöse Unterweisung nach und nach den ganzen Unterricht. Wie in einem unzählige

Male von uns dahergeplapperten Adventsvers „Heimlicherweise/ein Engelein leise/ mit rosigen Füßen die Erde betritt“, so schlichen sich nacheinander Knecht Rupprecht der alte Gesell, Sinnerklaus, der Weihnachtsmann, das Christkind, die Jungfrau Maria, der arme Josef und die Heiligen Drei Könige aus dem Morgenland in die Schulstube und vertrieben jeden auf das rein Weltliche ausgerichteten Lerneifer. Die ganze Klasse begann mit ihrem Lehrer zu dichten: Jedes Jahr wurde in Freundenthals Gasthof ein neues Krippenspiel mit allerhand Bezügen zur Moorwirklichkeit aufgeführt. Ein paar Verse, an denen ich selber mitgebosselt habe, sind mir für immer im Gedächtnis geblieben:

Seht, wie die Meise
pickt am Eise!
Das ist des Winters Wundermacht,
dort an das Fenster angebracht!

Die Rollen zu Haus waren gut verteilt, selbst beim Krippenspiel. Die Bürgermeisterstochter spielte die Maria, der Lehrerssohn den Josef, und die Töchter der reichsten Bauern durften als Engel auftreten, mit Gänseflügeln, im Nachthemd der Mutter, im Haar eine Krone aus Pappmaché. Nach dem Krippenspiel wurde getanzt. Der Sparklub „Basbecker Linde“ schüttete seine Prämien aus, fünfzig Mark für die fleißigen Sparer, fünf Mark für die faulen: alles nach den Regeln irdischer Gerechtigkeit.

Am anderen Tag machte sich das ganze Dorf mit Pferd und Wagen auf zum Abendmahl in der Dreifaltigkeitskirche zu Basbeck. Um nach der allgemeinen Beichte in den Genuß der heiligen Speise und Wegzehrung zu gelangen, mußte man vorher auf dem Altar in einem Umschlag fünf Mark hinterlegen. Arme Sünder kamen gelegentlich mit weniger Bußgeld aus. Links vom Altar gab es nach altprotestantischer Weise das Brot, rechts den Wein. Der Weg vom Brot zum Wein führte hinten um den Altar herum. Da die meisten Bauern mit der Oblate nicht fertig werden konnten, backten viele das Gottesbrot wie einen ausgelutschten Kaugummi an der Rückseite vom Tisch des Herrn fest. Manch einer griente dabei und bekam einen Ausdruck schlechten Gewissens, wenn ihn Pastor Voß strafend ins Antlitz sah, ehe er dem Abendmahlsgast den Becher mit dem Wein an den Mund setzte.

Der Basbecker Lieblingschoral war: „Jesu geh voran auf der Lebensbahn!“ Wenn die Gemeinde sang, hörte man immer nur „. . . auf der Reeperbahn!“ Dabei dachte sicher niemand an St. Pauli, höchstens an die dorfeigene Reeperbahn, wo früher Seile geflochten wurden und sich jetzt, laut „Niederelbe-Zeitung“, gelegentlich ein älterer Mann „namentlich Schulkindern in schamverletzender Weise zu präsentieren“ pflegte.

Pastor Voß predigte mit großer Einfühlungsgabe. Hatte er gemerkt, daß ein Kirchenbesucher sanft entschlafen war, hörte er plötzlich auf zu eifern. Alles erschrak, und der Entschlafene fuhr vor Schreck über die ungewohnte Stille aus seinem Schlummer hoch.

Pastor Vossens Paradestück war die Predigt über den Fischzug auf dem See Genezareth. Drastisch führte er den Gläubigen den Sturm, in den die Fischer geraten waren, vor Augen. „Sie ruderten rechts, sie ruderten

links", rief er immer wieder, beugte sich wie ein Ruderer von einer Kanzelseite auf die andere und brachte so die ganze Gemeinde dazu, sich im Rudertakt rhythmisch hin und her zu bewegen.
Jedes Jahr im Advent mußten wir Moorkinder das Weihnachtsevangelium, wie es beim St. Lukas steht, neu auswendig lernen. Es war bedeutend leichter als die unaussprechlichen Propheten des Alten Testamentes-... Hosea, Joel, Amos, Obadja, Jona, Micha, Nahum... -, nur mit dem Anfang wußten wir nie etwas Rechtes anzufangen: „Als Cyrenius Landpfleger in Syrien war..." Wir waren selig, als wir schließlich eine logische Fassung gefunden hatten: „Als Dibelius Landbriefträger in Sibirien war ..." Schwierigkeiten machten uns auch die Namen der Engel: Gabriel, Michael, nach dem dritten suchten wir lange. Plötzlich kam meine Schwester mit der Antwort heraus: „Lobgetön." Mein Vater witterte einen Dummenjungenstreich und fragte ärgerlich: „Wie kommst du denn darauf?" Ängstlich trug meine Schwester den Choralvers vor: „Ach wie schön, ach wie schön tönt der Engel Lobgetön!" Die Bauernkinder waren um Antworten selten verlegen. Als mein Vater uns die biblische Geschichte vom Baum der Erkenntnis erzählte, stellte er die pädagogische Frage, warum denn Adam und Eva wohl nicht von den Äpfeln am Baum im Paradies essen durften. Ein Bauernlümmel gab zur Antwort: „Die wollten Gottens wohl einmachen!" Mein Vater hatte große Mühe, uns daraufhin den Unterschied zwischen der Heiligen Familie und der Heiligen Dreieinigkeit klarzumachen. Trotzdem, so recht kapiert,

was es mit „Gottvater-Sohn-und-Heiliger-Geist“ auf sich hat, haben wir damals nicht.
Einige Bauernjungens sprachen, als sie in die Moorschule kamen, nur Platt. Für sie wiederholte mein Vater die Schöpfungsgeschichte auf Plattdeutsch und vergewisserte sich von Zeit zu Zeit durch Zwischenfragen, ob seine Schüler den Sinn des Ganzen mitbekommen hätten. „Wat de Gott annen Anfang“, fragt er. „He schööf Ehrd!“ antwortete ihm ein Erstkläßler, was auf Hochdeutsch so viel zu bedeuten hat, daß der liebe Gott zu Beginn seines Schöpfungswerkes mit einer Schubkarre Blumenerde von einem Ort zum anderen bewegte. Also mußte mein Vater von neuem beginnen, uns die Geschichte unseres Anfangs zu erklären, so oft, bis uns die Geschichte in allen Einzelheiten bildlich vor Augen stand.

Peter Schütt

An einem grauen Tag

Diese grauen, viel gescholtenen Tage haben wenig mitbekommen an Farbe, Licht, Bewegung, aber eins muß man ihnen lassen: sie verstehen, etwas aus ihrer Mitgift zu machen. Man sollte sie Meister des geringen Aufwandes nennen. Von dem Ort, da du stehst, bis zur unbestimmt zergehenden Ferne – wieviel Übergänge aus dunklerem und hellerem Grau, welche Zartheit in den Übergängen, welcher Reichtum in dem einen Grundton Grau!

Aber auch Sparsamkeit kann übertrieben werden. Der heutige Tag hat der Welt einen farblosen Sack übergestülpt, und damit fertig. Mehr um ein bißchen Luft zu schnappen, ohne Sonderliches draußen zu erwarten, gehe ich ein bißchen am Rand der Acker dahin. Die Wintersaat leuchtet.

Das ist das einzige, woran sich das Auge ein bißchen erholt, dieses starke, junge, trotzige Grün. Je länger ich gehe, meine ich, solch ein tiefes, überschwängliches Grün nicht gesehen zu haben. Nun hebt sich über der Wange des Hügels eine zweite Bodenwelle, auch sie mit Wintersaat bedeckt, aber die nur geringe Entfernung gibt dem Grün eine helle, nach Silber hinüberspielende Tönung, und dieser Klang begleitet mich eine Weile, das tiefe, erdhafte Grün hier und dahinter der lustige, ein wenig überirdische Silberton. Das ist wie der Zusammenklang zweier Glocken, deren eine dunkel tönt vom Erz, das dem Schoß der Erde entstammt, deren andere von oben her antwortet auf eine helle, himmlische Art.

Nun schelte mir einer die grauen Tage!

Während ich weitergehe, vertieft sich das Grün jener zweiten Bodenwelle, aber nun ereignet sich etwas anderes, auch Wunderbares. Ein Baum wird sichtbar. Zweifellos hat er immer dort gestanden, aber an hellen Tagen war seine Gestalt in der Umarmung des Waldes untergegangen. Nun hält der Nebel den Waldrand verborgen, aber die eine Föhre tritt hervor und stellt sich dem Auge. Der Stamm teilt sich und strebt in zwei Säulen aufwärts und trägt eine breite, mächtig ausladende Krone. Welch eine ruhige, beruhigende Gebärde! Unter dieser Krone könnte ein Unglücklicher sich vieles vom Herzen lossprechen, und der Wipfel würde sich neigen und es in Gutem bewahren. Die Alten wußten von heiligen Bäumen.

Ich gehe langsam, um recht lange das Bild zu genießen: Vor der grauen Wand, die den Wald verbirgt, der mächtig aufstrebende und mächtig sich ausbreitende Baum.

Ein Freund zeigte mir vor einiger Zeit das Bild einer antiken Säule, das so aufgenommen war, daß man nichts sah als eben diese Säule, kaum den Grund, auf dem sie stand, oben von den weißen Sommerwolken kaum die leiseste Zeichnung. Mein Freund gestand mir mit Beschämung, daß heute das Bild stärker auf ihn wirke als damals der leibhaftige Anblick der Säule im Raum. Damals habe er bewundernd zu ihr aufgeblickt, aber da kletterten nahebei zwischen dem zerstreuten Gestein Ziegen mit den zierlichsten Bewegungen, da spielten Schwalben miteinander ein pfeilschnelles Spiel, da summten die wilden Bienen ihren Orgelton, und dieses zusammen habe auf ihn eingewirkt, ein schöner Zusammenklang lebendiger, unzerstörbarer Natur und vergänglichem Menschenwerk; dabei sei die Säule ein bißchen zu kurz gekommen. Auf dem Bilde aber stehe die Säule allein, nicht Wind noch Schwalben noch Bienen nähmen die Sinne gefangen, und da erst habe er die Säule begriffen, ihre Majestät, die keine äußere Zerstörung habe einschränken können, das zeitlose Sinnbild ihrer Gestalt.

Mein Freund hätte dies kaum mit Beschämung zu sagen brauchen. Unserem Auge wird meist zuviel geboten, und unsere Sinne – müssen wir uns darum schämen? – sind so geartet, daß sie sich von einem zum anderen wenden, daß sie alles auf einmal aufnehmen möchten und über dem Vielen leicht das Eine und Wesentliche versäumen. Das Lichtbild leistet Dankenswertes, indem es das Einzelne herausstellt und vorherrschend macht, und das Gleiche leistet dieser Tag: Er zeigt auf grauem Grund den Baum, ihn allein, und zum ersten Male sehe ich ihn recht, begreife und verehre ich seine Gestalt.

Sollten wir sie nicht loben, diese grauen Tage?

Beim Heimgehen rauscht Laub um meine Füße, Haufen toter Blätter, die vergehen. Der Holunder nahe dem Haus steht entlaubt bis auf ein einziges Blatt, das zittert und bebt im Gezweig, löst sich, und nun liegt es auf meiner Hand. Violett der Stiel, violett die Adern in der Blatthaut, die gilbt und zerfällt. Dort, wo die Haut zergangen ist, sieht man ein hauchzartes, farbloses Aderwerk, das sich immer neu teilt und verzweigt, immer weiter, bis das Auge nicht mehr folgen kann.

Ein Holunderblatt, ein Wundergebilde, halb schon zergangen, liegt bebend auf meiner Hand.

Waldemar Augustiny

Das Umsingen

Auch ein Stück Vergangenheit. Ob dieser alte Brauch über die Grenzen des Teufelsmoores hinaus üblich gewesen ist, entzieht sich meiner Kenntnis. Jedenfalls waren wir zu Anfang der siebziger Jahre des vorigen Jahrhunderts noch mit dabei. Das Umsingen war, genauer gesagt, ein Singen im Umherziehen, wie weiland der junge Luther in Eisenach es mitmachte und wie auch heute noch in einzelnen Gegenden, z. B. im Harz, die Kurrende durch die Straßen zieht und geistliche Lieder singt. Aber wir sangen nicht auf den Straßen, sondern in den Häusern unseres Dorfes. Und dann geschah es auch nur an den Tagen unmittelbar vor Weihnachten. Das war eine durchaus ernste Sache, denn die Sänger waren der Lehrer mit seinen größeren Schülern. Die Zahl der letzteren mochte so zwischen 20 und 30 sein, je nach Größe der Schulen. Das Alter der Kinder war dabei nicht ausschlaggebend, sondern der Platz in der Klasse, welcher nach Fleiß und Begabung, Aufmerksamkeit und Führung bestimmt wurde. So konnte es angehen, daß ein Zwölf- und Dreizehnjähriger zu Hause bleiben mußte, während ein Zehnjähriger mit dabei war.

In der Adventszeit wurden fleißig Weihnachtsgesänge und -lieder geübt, denn das war die Zurüstung auf das Umsingen. Zwei Tage pflegten auch in mittelgroßen Dörfern für das Umsingen angesetzt zu werden. Endlich brach der vielersehnte Morgen an, dem besonders diejenigen mit Spannung entgegensahen, welche zum ersten Male mitdurften. Die Schule war Sammelplatz. Es ging oben im Dorfe los und von Haus zu Haus weiter. Hatten wir ein Haus betreten, dann sagte der Lehrer etwa: Wenn't angenehm wöer, wulln wi woll'n Wiehnachtsleed singen! Die Antwort war dann meistens: Dat is jo schön! oder: Recht geern! Denn kamt man rin! Wir betraten dann die Stube und stellten uns im Kreise auf. Die Hausgemeinde hatte sich gesammelt und hörte zu. Zuerst wurden einige Verse von einem Weihnachtsgesange gesungen und darnach ein paar der allbekannten Lieder aus der Missionsharfe: Ihr Kinderlein kommet – Es ist ein Ros entsprungen – Hosianna – Tochter Zion – Stille Nacht – O du fröhliche – auch wohl: Alle Jahre wieder – Morgen, Kinder, wird's was geben u. a. Zum Schluß mußte eins der größeren Knaben oder Mädchen beten. Als Gebet dienten die beiden ersten Verse des Gesanges Nr. 32 in unserm Gesangbuche. Dies Lied war damals, als wir noch das alte hannoversche Gesangbuch hatten, nicht allgemein bekannt. – Damit war unsere Aufgabe erledigt, und wir verließen nun die Stube. Der Lehrer aber unterhielt sich noch kurze Zeit besonders mit den Alten des Hauses, um sich dann unter den Wünschen fröhlicher oder gesegneter Weihnachtstage zu verabschieden. Dann ging es zum Nachbar, wo sich der Vorgang mit geringen Abweichungen wiederholte. Meistens ging es ohne besondere Zwischenfälle ab. Es kam aber doch mal – wenn auch selten – vor, daß der Lehrer beim Betreten des Hauses auf seine Ankündigung die Antwort erhielt: Wi lat nich singen! Das war meistens die Folge einer Mißhelligkeit zwischen Haus und Schule, deren Ursache bereits vorhin angedeutet worden ist. Hier muß aber auch noch einer anderen, freundlicheren Abwechslung gedacht werden. Die Kinder konnten doch unmöglich im kalten Winter den ganzen Tag von Haus zu Haus gehen und singen, ohne zu essen und zu trinken. Da war denn auch vorgesorgt. In der Regel wurden wir in den Häusern, aus welchen Konfirmanden unter den Sängern waren die also zum letzten Male mitsangen, bewirtet. Das hatte aber einen Nachteil: der Speisezettel bot zu wenig Abwechslung. Bei Meyers gab es „dicken Reis“ mit Zimt und Zucker, bei Müllers bekamen wir dasselbe in neuer Auflage, und Martens hatten es auch nicht schlechter geben wollen. Wenn man nun dreimal hintereinander „dicken Reis“ vorgesetztbekam, dann hatte man bald genug und erkannte es dankbar an, wenn Murkens es mit Kaffee und Kuchen bewenden ließen. Einmal gab's Milch und Zwieback (Stuten), und wir schmunzelten nicht schlecht. Aber in Anbetracht der vorangegangenen Grundlagen in Gestalt von Milchreis bekamen wir den Mund viel eher voll als die Augen. Mit nicht geringen Hoffnungen sahen wir einmal dem letzten Tage und der letzten Station entgegen, denn man munkelte, daß bei Meierdierks „zugekocht“, das will sagen, es „warmes Essen“ geben würde. Und wirklich, es gab Fleischbrühe mit Klößen und Kartoffeln: das war doch mal was anderes. Es darf aber nicht verschwiegen werden, daß die Frauen dem Lehrer gegenüber mit Rücksicht auf den Reis ein menschliches Rühren verspürten und für ihn meistens am Ende der Tafel Kaffee und Kuchen auftischten.

Vom Gesang konnte man leider nicht sagen, daß der letzte der beste gewesen wäre, denn am zweiten Tage waren viele Kinder infolge des vielen Singens und des dauernden Wechselns zwischen draußen und drinnen so heiser geworden, daß sie zuletzt kaum noch einen Laut hervorbringen konnten. Für uns Kinder hatte diese Rundreise noch insofern einen besonderen Reiz, als wir dadurch alle Häuser des Dorfes auch einmal von innen kennenlernten und so ziemlich alle Einwohner zu Gesicht bekamen.

Eins muß hier noch nachgeholt werden: In den allermeisten Häusern drückte man dem Lehrer beim Abschiede eine Kleinigkeit an Geld, etwa ein Sechs- oder Zwölfgrotenstück, in die Hand. Man hat behaupten wollen, daß der ganze Zweck der Übung der gewesen sei, durch diese Gaben die Einkommensverhältnisse des Lehrers etwas aufzubessern. Ich glaube das nicht. Denn jedes mitwirkende Kind bekam 25 oder 30 Pfg. ab. Da wird dann wirklich nicht viel übriggeblieben sein. Es scheint sich vielmehr beim Umsingen um einen alten Brauch zu handeln, der nach Aufhebung der Klöster aufgegriffen wurde und den Schulen zufiel. Als in den siebziger Jahren auch die Dorfschulen mit Lehrern besetzt wurden, welche auf Seminaren vorgebildet waren, hörte die Sitte von selber auf.

Johann Böschen

Der Winter war für uns genauso schön in Worpswede wie der Sommer. Außer dem Schlittschuhlaufen auf dem kleinen Teich fuhren wir auch viel Schlitten. Dazu waren sowohl der Weyerberg als auch der Schmidtberg vorzüglich geeignet. Etwa von der Hälfte des Weyerberges sausten wir ins Dorf hinein und oft gings gegen Behrens Zaun am Straßentor, noch öfter aber gegen die „Slottschün". Wenn man so in voller Fahrt den Berg herunterkam, konnte man nicht mehr bremsen. Die alte Frau in der armseligen Wohnung sagte: „De Tassen klötert inn Schrank", wenn wir gegen die Mauer stießen. Einmal fuhr ich mit Elisabeth; ich saß hinten, um zu steuern. Elisabeth war die Tochter der Witwe Toel, der Frau des Consuls in Casablanca, und wohnte einige Jahre im Haus von Bartsch, der jahrelang von Worpswede abwesend war. Ihr war der Schnee – und wie man sich bei Kälte anzog – fremd. Wir alle hatten Wollmützen und warme Strickjacken an. Sie kam im Mantel mit einem großen, breitrandigen blauen Filzhut, und das war ihr Glück, denn natürlich stießen wir wieder gegen die Slottschün. Der Hut verhinderte, daß sie sich die Nase blutig schlug. Einmal brach sich sogar Bernhard Ranke, der Sohn vom Schneider, ein Bein. Aber verboten wurde uns die Fahrt vom Weyerberg trotzdem nicht. Manchmal fuhren wir auch den Susenberg hinunter. Das war eine lange, aber nicht allzu schnelle Abfahrt am Südhang des Weyerberges neben dem Mackensenschen Haus vorbei. Heinrich Vogeler fuhr mit „Schneeschuhen“, wie man damals die Skier nannte, dort hinunter. Wir bewunderten ihn sehr, war er doch der Erste, der diese Kunst beherrschte.

Der Kirchberg ging von der ehemaligen Pastorenscheune bis zur heutigen Bergstraße, wo die Schlitten einen ziemlichen Hopser machten, bis nach unten auf die Findorffstraße, manchmal auch noch weiter durch einen schmalen Gang zwischen Büschen bis zur Bauernreihe. Wenn wir dann unsere Schultaschen gleich nach der Schule auf dem Rücken trugen, konnten wir, sofern wir genug Schwung hatten, bis fast vor unser Haus in der Bauernreihe fahren. Weihnachten wurde bei uns sehr festlich begangen. Unser Vater malte von Zeit zu Zeit Landschaften in Mevenstedt und Winkelmoor. Dort hatte ein Bauer viele Tannen um sein Grundstück gepflanzt, und Vater suchte immer eine besonders schöne als Christbaum aus. Sie mußte bis an die Decke reichen, also vier Meter hoch sein. Mein Vater ließ es sich nicht nehmen, den Baum selbst zu schmücken. Er hatte vom Elternhaus viele schöne, große, massive Kugeln geerbt, dazu kleine Vogelkäfige mit Vögelchen, aus Glas geblasene Schwäne, Pfauen mit farbigem Schwanz und Hirsche aus Milchglas. Er verwandte auch viel Zuckerwerk. Meine Mutter war eine Feinschmeckerin. Alle Vierteljahr etwa kam die „Commis“, wie man sie damals nannte, von dem Delikatessengeschäft Lankenau aus Bremen und nahm Bestellungen für Weihnachten auf. Sie bestellte sich immer Kaviar, den wir anderen nicht mochten. Der Commis kehrte mit der Bahn heim, und Fuhrmann

Bunger „Aus dem Rusch“ holte in Bremen die Ware ab. Später hatte er es ja mit der Kleinbahn leichter, da war es nicht weit bis zum Worpsweder Bahnhof. Die Zuckerkringel für den Christbaum waren auch von Lankenau und natürlich Lachsschinken und Konserven, auch Pralinen, und als besondere Überraschung lag auf dem Weihnachtsteller ein Knallbonbon: ein walzenförmiges Papier, rechts und links zugebunden, am Ende gefranst. Zu zweit mußte man ziehen, es gab einen Knall und dann kam aus der Mitte ein Bonbon heraus und ein sinnvoller Spruch auf Papier. Ohne diese Knallbonbons war Weihnachten nicht denkbar.

Gertrud Hosenfeld-Krummader

Autorenverzeichnis

Augustiny, Waldemar 1897 – 1980
geboren in Schleswig, studierte Philosophie, Germanistik und Kunstgeschichte in Hamburg, Kiel und Berlin. Eine Lektoratsaufgabe ließ ihn nach Bremen kommen. 1934 zog er nach Worpswede und schrieb hier seine Romane, Novellen, Erzählungen, Sachbücher und Essays. Zu seinen bekanntesten Werken gehören: „Die große Flut“, „Die Fischer von Jarsholm“, „Ein Mann wie Samson“, „Paula Modersohn-Becker – Ein Portrait“.

Ehlers, Anke 1887 – 1948
kam durch Heinrich Vogeler ca. 1920 nach Worpswede. Hier lernte sie den Bildhauer Fred Ehlers kennen, den sie 1922 heiratete. Neben vielen Kurzgeschichten und Erzählungen in Zeitschriften sind die Bücher: „Gang in den neuen Tag“, „Die glückliche Stunde“, „Und immer rundet sich das Jahr“, erschienen.

Hausmann, Manfred 1898 – 1986
geboren in Kassel, Gymnasium in Göttingen, studierte Philologie; arbeitete als Dramaturg, Kaufmann und Journalist. Kam schon früh nach Worpswede. Freundschaft mit Wilhelm Scharrelmann, Th. Heinz Köhler u. a. 1950 Umzug nach Bremen-Rönnebeck. Sein Werk umfaßt viele Romane, Lyrik, Bühnenwerke und Essays. Wichtig für die Worpsweder Zeit sind die Romane: „Lampioon“, „Abschied von der Jugend“, „Demeter“.

Heyse, Margarete
aufgewachsen in Bremen-Kattenturm, wurde dann Lehrerin und kam an die Volksschule Worpswede. Begann früh zu schreiben, veröffentlichte in Zeitungen und Zeitschriften. Erzählband: „Damals in Bremen“.

Hosenfeld-Krummacher, Gertrud * 1900
Tochter des Malers Karl Krummacher. Sie wuchs in Worpswede mit den Kindern aus der „Bauernreihe“ auf und besuchte später die Kunstgewerbeschule in Bremen, um in der Teppichherstellung, später als Porzellanmalerin zu arbeiten. 1987 schrieb sie ihre Erinnerungen: „Damals in Worpswede ...“ nieder. Sie lebt heute bei München.

Köhler, Theodor Heinz 1918 – 1944
kam nach Gymnasium und landwirtschaftlicher Lehre 1936 auf Einladung Manfred Hausmanns nach Worpswede. Beginnt 1938 als freier Schriftsteller. Mitarbeit an vielen Zeitungen und Zeitschriften. 1939

Arbeitsdienst, später Soldat, gefallen 1944. Romane: „Sonne über Ähren“, 1935; „Der junge Daniel, oder das unruhige Jahr“, 1940. Mehrere Erzählungen.

Krummacher, Karl 1867 – 1955
kannte die „ersten Worpsweder Maler“ bereits aus der Akademiezeit in Düsseldorf, konnte sich aber nicht endgültig dazu durchringen, Maler zu werden. Stattdessen schrieb er Kunstkritiken und Aufsätze über die Kunst in renommierten Zeitungen und Zirkeln. Erst ein Besuch des Malers Carl Vinnen konnte ihn davon überzeugen, sich wieder hauptsächlich der Malerei zu widmen. So stieß er 1899 etwas verspätet zum Gründerkreis der Worpsweder Künstlergruppe. Nebenher verfaßte er immer wieder Aufsätze und kleine Erzählungen über die Künstlerkolonie und das norddeutsche Kunstschaffen.

Mackensen, Fritz 1866 – 1953
gilt als der „Entdecker Worpswedes. Er besuchte die Düsseldorfer Kunstakademie und zeigte außerordentliche Maltalente. Durch eine Bekanntschaft wurde er nach Worpswede eingeladen und begeisterte sich für diese Landschaft. Hier malte er seine wichtigsten und schönsten Landschaftsbilder, die auch sehr häufig in genrehafter Weise den Menschen mit einbeziehen. Neben Reden und Aufsätzen über Worpswede schrieb er die Erzählung: „Gerd Klindworth – Betas Sohn“, 1949.

Modersohn, Otto 1865 – 1943
in Soest geboren, ging schon gleich nach der Schulzeit zur Kunstakademie nach Düsseldorf. Hier fand er in Fritz Mackensen, Fritz Overbeck und Karl Krummacher Freunde, die den gleichen künstlerischen Weg gehen wollten wie er. In Worpswede galt Modersohn bald als der führende Kopf der Malergruppe. Erst 1908 zog er – nach dem Tod seiner Frau Paula Modersohn-Becker – nach Fischerhude, um hier in Stille weiterzumalen.

Modersohn-Becker, Paula 1876 – 1907
kam nach einer Ausbildung als Lehrerin als Malschülerin nach Worpswede. War im Kreis der ersten Worpsweder Maler. Freundschaft mit Rainer Maria Rilke, Heirat 1901 mit Otto Modersohn. Schon früh Reisen nach Paris und Beginn einer ganz eigenen, expressionistischen Malauffassung. Nach ihrem Tod wurden die Tagebuchblätter sehr bekannt und trugen nicht unerheblich zu ihrer Bekanntheit bei.

Overbeck, Fritz 1898 – 1986
Sohn des Worpsweder Malers Fritz Overbeck, einem der Begründer der Malerkolonie Worpswede. Wuchs in Worpswede und Bremen auf, studierte später Botanik und war jahrelang Professor für Botanik an der Universität in Kiel. Er schrieb mehrere Bücher; so: „Kattenhorns Pferd“, „Eine Kindheit in Worpswede“, und „Allerlei Allotria“.

Rilke, Rainer Maria 1875 – 1926
lernte Heinrich Vogeler kennen und kam 1898 das erste Mal auf dessen Einladung nach Worpswede. Hier traf er u. a. mit Carl Hauptmann, Paula Modersohn-Becker und seiner späteren Frau Clara Westhoff zusammen. 1901 heiratete er sie in Bremen und ließ sich für kurze Zeit in Westerwede bei Worpswede nieder. Neben dem „Worpsweder Tagebuch“ und seiner bekanntesten Arbeit über die Künstlerkolonie: „Worpswede“, 1901, sind hier noch zahlreiche Gedichte für seine Frau und Paula Modersohn-Becker aufzuzählen, die Ergebnisse seiner Worpsweder Zeit sind.

Scharrelmann, Heinrich 1871 – 1940
in Bremen geboren, besuchte nach der Schule das Lehrerseminar und erkannte bald in der Praxis der Volksschulen die Unzulänglichkeit des Unterrichts. Aus diesem Anlaß verfaßte er seine ersten Bücher: „Herzhafter Unterricht“, „Wege zur Kraft“. Bald schloß er sich der Schulreformbewegung an und propagierte die „Ausdruckspädagogik“. Scharrelmann verließ den aktiven Schuldienst 1909 und siedelte nach Kreßbronn/Bodensee über, um weiterhin als freier Schriftsteller zu arbeiten. 1933 ließ er sich noch einmal von der Bremischen Schulbehörde einstellen.

Scharrelmann, Wilhelm 1875 – 1950
geboren in Bremen, wurde – wie sein Bruder Heinrich – Lehrer und schloß sich engagiert der Schulreformbewegung an. Bereits früh erste schriftstellerische Arbeiten. Nach den ersten Erfolgen gab er den Lehrerberuf auf und zog 1928 nach Worpswede. Hier schrieb er fast 20 Romane und Erzählungen, so: „Das Fährhaus“, „Täler der Jugend“, „Katen im Teufelsmoor“, im Verlag Atelier im Bauernhaus erschien 1984 sein Buch: „Worpsweder Märchen“ in einer Neuauflage.

Schriefer, Heinrich 1847 – 1912
in Schlußdorf bei Worpswede als Moorbauernsohn geboren. Nach der Dorfschulzeit Hilfe auf dem elterlichen Hof, dann Ausbildung zum

Lehrer in Stade. Später erhielt Schriefer eine Stelle in Kassebruch bei Hagen, wo er auch begraben ist. Zu seinen wichtigsten Werken gehören die Ortschronik „Hagen und Stotel“, 1901 – neu erschienen 1988 im Verlag Atelier im Bauernhaus – „Aus dem Düvelmoor“, 1878; „Worpsweder Bilder“, 1907; und „Der Rote Gerd“, 1892.

Schütt, Peter
1939 in Basbeck/Niederelbe geboren. Besuchte nach der Schule in Stade die Universität in Hamburg. Lebt heute in Hamburg-Eppendorf. Neben zahlreichen Sachbüchern schreibt er auch Theaterstücke und Lyrik sowie Erzählungen. Die wichtigsten Bücher sind: „Für wen? Für uns!“, „Der Mohr hat seine Schuldigkeit getan“, „Ab nach Sibirien“, „Wenn fern hinter der Türkei die Völker aufeinanderschlagen“, „Liebesgedichte“, 1987.

Tügel, Otto Tetjus 1892 – 1973
kam 1909 nach Worpswede und entfaltete sehr vielfältige Begabungen, die ihn bald zu einem „Malerpoeten“ machten. Seine zeichnerische Begabung war ebenso ausgeprägt wie seine schriftstellerische Leidenschaft. Neben vielen Gedichten, verfaßte er mehr als sieben Romane und Erzählbände, so u. a. „Das ich so schlicht verbliebe“, Gedichte; „Gold im Nebel“, Roman; „Ein Herz kommt um“, „Mien und Dien“, Schauspiele. Die meisten seiner Werke haben, ebenso wie seine Bilder, die norddeutsche Heimat und das Moor als Handlungshintergrund.

Uphoff, Carl Emil 1885 – 1971
in Witten/Ruhr geboren. Als Grafiker, Maler, Bildhauer und Schriftsteller war er einer der vielseitigsten Künstler in Worpswede. Kam 1912 durch den Maler Heinrich Vogeler nach Norddeutschland. Neben Künstlerbiografien über Paula Modersohn-Becker, Bernhard Hoetger u. a. sind an wichtigen Romanen „Der Moorrebell“, 1931; „Die Hammebraut“, 1940; „Der ewige Jan“, 1941; und „Das lustige Moorvolk“, 1942; entstanden.

Illustration: **Otto, Edith** * 1938
in Köln, studierte in Düsseldorf Architektur und Malerei. Sie kam schon früh nach Fischerhude und Worpswede. Vorerst zu Sommeraufenthalten, später übersiedelte sie nach Worpswede, wo sie sich neben der Buchillustration auch noch der Weberei widmet.

Inhaltsverzeichnis

Fritz Overbeck
Winter in Worpswede 5
Manfred Hausmann
Das Hirtengespräch 16
Margarethe Heyse
Mit Holschen 29
Anke Ehlers
Blick in den Winter 32
Karl Krummacher
Winter im Teufelsmoor 37
Manfred Hausmann
Anbetung 43
Carl Emil Uphoff
Dortjes Weihnachtsgeschenk 45
Heinrich Scharrelmann
Mit dem Schlitten am Deich 50
Friedrich Beckhusen
Wie Hermann Allmers Weihnachten feiert . . 56
Fritz Mackensen
Der Eiskäfer 60
Otto Modersohn
Rilkes Christkind 61
Paula Modersohn-Becker
Zwei Briefe 62
Otto Tetjus Tügel
Nebelnacht im Winter 67
Rainer Maria Rilke
Aus dem Worpsweder Tagebuch 68
Kinderreim
Sunner-Klaus 68

Manfred Hausmann
Das Wachslicht 70
Heinrich Schriefer
Spinnstubenzeit im Teufelsmoor 79
Wilhelm Scharrelmann
Wie der Große Wagen an den Sternenhimmel gekommen ist 83
Theodor Heinz Köhler
Till und das Grammophon 89
Peter Schütt
Weihnachten 98
Waldemar Augustiny
An einem grauen Tag 103
Johann Böschen
Das Umsingen 107
Gertrud Hosenfeld-Krummacher
Weihnachtserinnerungen 111
Autorenverzeichnis 114
Inhaltsverzeichnis 118
Quellennachweis 120

Quellennachweis

Wir danken für die Abdruckgenehmigungen:

dem Christians-Verlag, Hamburg für – Fritz Overbeck: „Winter in Worpswede“, entnommen aus: „Eine Kindheit in Worpswede“, 1975

dem Neukirchner-Verlag, Neukirchen-Vluyn für – Manfred Hausmann: „Das Hirtengespräch“, „Das Wachslicht“, „Anbetung“, entnommen aus: „Der Überfall“, 1952 und „Jahre des Lebens“, 1974

Frau Frauke Ott, Piding für – Anke Ehlers: „Blick in den Winter“, entnommen dem Band „Unbekanntes Worpswede“, 1938

Gerd Krummacher, Konstanz für – Karl Krummacher: „Winter im Teufelsmoor“, Zeitungsaufsatz, 1929

Klaus Uphoff, Worpswede für – Carl Emil Uphoff: „Dortjes Weihnachtsgeschenk“, entnommen: „Lustiges Moorvolk“, Erzählungen, 1942

Frau Anka Hüchting, Heerstedt für – Wilhelm Scharrelmann: „Wie der große Wagen an den Himmel gekommen ist“, entnommen: „Worpsweder Märchen“, Geschichten aus meiner Hütte, 1984

Frau Ulla Köhler, Worpswede für – Theodor Heinz Köhler: „Till und das Grammophon“, entnommen aus: „Der Silberspiegel“, 1934

Herrn Volkert Augustiny, Düsseldorf für – Waldemar Augustiny: „An einem grauen Tag“, entnommen: „Worpswede in Dichtung und Erzählung“, 1948

Herrn Peter Schütt, Hamburg für – „Weihnachten“, entnommen aus: „Mein Niederelbebuch“, 1976

dem Insel-Verlag, Frankfurt für – Rainer Maria Rilke: „Aus dem Worpsweder Tagebuch“, aus: „Tagebücher aus der Frühzeit“, 1973; Paula Modersohn Becker: „Zwei Briefe“, aus: „Briefe und Tagebücher“, 1982

Frau Ina Seidel für – Tetjus Tügel: „Nebelnacht im Winter“

Gertrud Hosenfeld-Krummacher, Gräfelfing für – „Weihnachtserinnerungen“, entnommen: „Damals in Worpswede . . .“, 1987